ADMIRABLE Thomas

voici le livre tout beau tout neuf.

DU MÊME AUTEUR

Sacré Paul, NiL éditions, prix du Premier Roman, 1995
Le Plus Jeune Métier du monde, NiL éditions, 1999
Fonelle et ses amis, NiL éditions, 2002
L'Amour dans la vie des gens, Stock, 2003
Le Savoir-vivre efficace et moderne, NiL éditions, 2003
Fonelle est amoureuse, NiL éditions, 2003
Sublime Amour, Robert Laffont, 2005
Nouba chez les psys, J'ai lu, 2009
Otages chez les foireux, J'ai lu, 2009
À Moscou jusqu'au cou, J'ai lu, 2009
Grandir, Robert Laffont, 2010
L'Envie, Robert Laffont, 2011
La Vocation, Robert Laffont, 2016
Une apparition, Robert Laffont, 2017
Nobelle, Robert Laffont, 2019
Les Fables de la Fontanel, Robert Laffont, 2020
Capitale de la douceur, Seghers, 2021

SOPHIE FONTANEL

RIDÉE SUR TERRE

ADMIRABLE

L'HISTOIRE DE LA DERNIÈRE FEMME

ROMAN

ÉDITIONS SEGHERS

LES TITRES DES CHAPITRES SONT EXTRAITS DU POËME
« J'ARRIVE OŪ JE SUIS ĒTRANGER », *IN LE VOYAGE DE HOLLANDE ET AUTRES POĒMES*, ARAGON © SEGHERS, 1964, 1981.

PHOTOGRAPHIE PAGES 3 ET 4 © SOPHIE FONTANEL

92, AVENUE DE FRANCE, 75013 PARIS
PARUTION : SEPTEMBRE 2023
ISBN : 978-2-232-14712-8

Pour Nicole.

J'arrive où je suis étranger

Si je veux raconter l'histoire, il faut partir de ce moment où, sur la route familière que je prenais tous les jours, j'ai senti le feu du soleil m'attendrir le dos.

C'était une journée de printemps là-bas dans le Péloponnèse, en Grèce sur le continent. On avait eu un vent glacé durant des semaines. Encore, le matin même. Et puis une chaleur était montée en quelques heures. Une chaleur exceptionnelle.

Les rayons vifs du soleil traversaient l'étoffe de mon caftan. Ils insistaient comme des doigts, tant et si bien que mes omoplates n'y résistèrent pas : elles s'ouvrirent dans un craquement, comme les pavots dont j'avais appris enfant à dépiauter la coque. Cela libérait les pétales.

Dans le même temps, je vis les grandes veines sur mes mains, celles qu'à mon âge le temps fait remonter à fleur de peau, devenir une à une des antennes. Tout paraissait se relier à quelque chose.

Voilà, je m'étais arrêtée, debout au milieu de la route. Tête de côté, les paupières baissées, j'avais fait quelques tours sur moi-même, tels les derviches tourneurs dont certains furent nos aïeux. Maintenant c'était moi, l'aïeule, même si ce n'était de personne. Je ne faisais pas ces tours. Je le savais, au fond. C'est à peine si mes mains caressaient l'air enveloppant et brûlant, avec lenteur. Quel jour était-on ? J'avais comme une confusion, et aussi sur la saison ; les mois de mai, dorénavant, ne ressemblaient plus à ceux du début de ma vie, vie dont le cours, ce matin-là, m'assaillit à la manière d'un confluent dont les eaux soudain tourbillonnent. Que voulait-elle, cette chaleur ? Qu'est-ce qui, ici, venait me chercher ?

Je clignai des yeux. Il était là.

Un homme dans la fleur de l'âge, sur cette route où personne jamais ne passait.

Il me fixait, si ahuri que ses lunettes de soleil lui glissèrent des doigts et tombèrent sur l'asphalte incandescent. Il ne les ramassa pas.

« Bonjour ! » lançai-je à l'inconnu.

Il recula brusquement en portant la main à son cœur. L'incongruité de ce geste me fit sourire. L'homme, lui, ne souriait pas. Il avait la peau sombre d'un Indien, une perfection ciselée émanait de son visage, et ses grands yeux noirs étaient des braises prises dans le feu général. Son large pantalon blanc flottait, bien qu'il n'y eût pas le moindre souffle de vent.

« Bonjour ! » lançai-je une nouvelle fois.

Mon insistance aggrava son anxiété. Son regard me fit penser au *Fou de peur*, une gouache inachevée de Gustave Courbet. De quoi cet homme pouvait-il bien avoir peur ? Il recula encore et se piqua les fesses contre un buisson du maquis. C'est plein d'épineux, cette région, truffés du poil des biquettes, des sangliers qui sont légion ici.

Piqué, il se mit à trembler.

Je pensai : « Plus qu'un froussard, c'est une mauviette. »

Or non, il n'en était pas une. Seulement, il se trouvait mal, il dut s'asseoir sur le muret de fortune qui bordait la route.

« Ça ne va pas ? »

En guise de réponse, ses bras tombèrent mollement vers le sol comme les branches d'un saule pleureur. Ses longs cils suivirent le même chemin. Je ne voyais plus que le sommet de sa tête et presque mon reflet dans sa chevelure éclatante. Il était là, voûté, et je repensai à Gustave Courbet. N'était-ce pas aussi de ce peintre, ce tableau, *Le Désespéré* ? L'artiste n'avait pas trente ans quand il l'avait peint. L'âge, probablement, de mon inconnu. La jeunesse, souvent, est désespérée.

Lentement, il releva la tête. Son regard rencontra le mien, et il en souffrit. Il cherchait l'air sans le trouver, alors qu'il suffisait de prendre une inspiration.

« Je ne suis pas une revenante. Respirez un bon coup, mon vieux. »

Il ne comprenait peut-être pas le grec. J'essayai en anglais. Et lui, immédiatement :

« Pourquoi "mon vieux" ? »

Enfin le son de sa voix. J'allai pour lui toucher l'épaule, il m'évita.

« Je ne suis pas non plus une sorcière.

— Je sais. »

En était-il convaincu ? Il tendit l'oreille, inquiet.

« Est-ce qu'on n'entend pas fredonner ?

— Je n'entends rien », lui répondis-je.

Il écouta le silence. Je fis de même.

« Madame, est-ce vous qui fredonnez ? »

Avait-il bien toute sa tête ?

« Et je ne suis pas une sirène...

— Je sais, je sais... »

La nervosité continua d'affleurer sur son visage, même si elle peinait à marquer la magnifique peau lisse de cet homme. Un papillon le visita, ça l'affola. « Merde ! » s'écria-t-il, attaqué par deux ailes d'ambre. Mais ici, les jurons qu'on lançait en l'air dansaient avec les papillons.

Son attention revint sur moi, pleine de suspicion, comme si j'étais celle qui dirigeait les papillons ici et là sur les inconnus.

Il n'avait pas bonne mine. Avait-il bu assez d'eau avant d'arpenter le plateau ? Avait-il saisi l'étendue, l'envergure de cette contrée, et que c'était un coin perdu ?

« Vous me semblez déshydraté.

— Peut-être.

— Vous pourriez boire à votre gourde...

— Elle est vide », dit-il, dédaignant d'un geste la gourde molle qui pendait, toute ridée, le long de sa hanche.

La chaleur se faisait toujours sentir dans mon dos. Je l'ai dit, elle m'avait ouverte. Il faut croire que cela valait aussi pour ma porte puisque, après toutes ces années passées à me protéger, je m'entendis proposer :

« Mon cher, chez moi, il y a des chaises, de l'eau et de l'ombre. Venez, je vous emmène. Et puis, il nous faut un bon remontant. »

Je revenais de la cueillette, voilà pourquoi j'ajoutai en tapotant mes poches :

« J'ai aussi de la marjolaine. Ça vous détendrait d'en fumer. Ma maison est là sur la plage, juste en bas.

— En bas ? » s'inquiéta-t-il.

« En bas ? En bas ? » répétait-il, tout en marchant.

La terre en ce lieu s'est jadis hissée pour former un plateau immense qu'une seule route traverse. L'homme ne voyait qu'une plaine. Mais moi, je savais que la mer apparaîtrait bientôt, par surprise, en contrebas. Voilà pourquoi je ralentis au tournant décisif qui formait une corniche et allait révéler la côte dentelée. Elle apparut, toute grignotée par les vagues, aussi loin que l'on regarde. L'homme s'arrêta. N'importe qui se serait arrêté, car c'était sublime. Ici, le plateau finissait et commençait la folle création des dieux : les criques et les falaises.

« Allons bon... fit-il. C'est accidenté. »

Ce n'était pas un extasié.

« Ici, on passe son temps à dévaler ou à gravir. C'est excellent pour la santé.

— Ah bon ? »

On aurait cru que j'avais proféré une énormité.

Au-dessous de nous se nichait une carrière de kaolin dans le repli d'une crique. Un écrin oublié du temps.

« C'est chez moi », annonçai-je.

Dans l'anse, ma maison flamboyait, à cause du soleil sur les vitres. J'aimais tout de ce lieu. De la maison humble, adorable, à la roche blanche, dont le moelleux se percevait même d'ici. Les bourrelets tendres du kaolin répondaient à l'agressivité du monde. Avec un peu de marjolaine à fumer du bout des lèvres, la douceur atteignait des sommets.

« N'est-ce pas à perdre la tête, un site pareil ? »

Mon invité resta coi devant le panorama, sur le sentier où, il y a des années de ça, j'étais tombée à genoux.

« C'est une ancienne mine », diagnostiqua-t-il.

Nul besoin d'être un grand devin pour le voir. La poulie énorme, à demi détruite, trônait encore sur la plage.

Il remarqua l'escalier creusé à même la roche :

« C'est pas par là qu'il faut aller, quand même ? »

Sous-entendant que c'était absurde, les escaliers, pour descendre.

« Cela me semble pourtant le plus sage », dis-je en lui montrant l'à-pic que, sinon, il faudrait emprunter.

Il reconsidéra l'escalier.

« C'est un coup à dégringoler.

— Bien sûr, c'est un peu abrupt, les marches n'en sont pas vraiment, je le concède, encore que j'ai pu les compter, figurez-vous. Donc, elles sont là, en même temps.

— Complètement irréaliste. »

Ce n'était pas un alpiniste.

L'homme se tenait, l'air bête, à flanc de falaise.

On attendait qu'il se décide, moi et les quelques papillons qui nous avaient suivis par jeu.

« On y va ? demandai-je.

— J'ai un problème, dit-il.

— Lequel ?

— Ça descend.

— C'est plutôt une bonne nouvelle, puisque ma maison est en bas. »

Il abaissa ses épaules afin d'assurer son équilibre.

« Je n'y vais pas. Nous sommes sujets au vertige. »

Pourquoi m'englobait-il ainsi dans sa triste pathologie ?

« Jeune homme, regardez-moi. J'ai sans doute trois fois votre âge, pourtant je le prends, ce passage, et plusieurs fois par jour, encore. Alors, quoi ? Vous aussi, vous allez le prendre, parce qu'en bas, c'est le paradis. Il y a à boire et tout ça. »

Une mèche, tout à l'heure luisante et fondue dans le casque de sa chevelure, s'était détachée. Elle lui tombait sur le nez busqué, ravissant, fin, princier.

« Je vous dis que je ne peux pas.

— Si, vous pouvez. Prenez mon bras. »

À chaque marche, sa main se crispait sur mon poignet.

Moi, à mon âge, avec juste la peau sur le jeu d'osselets qu'était mon corps, en train d'aider ce garnement...

« Vraiment, c'est le monde à l'envers ! » lui dis-je.

Il était horriblement gêné.

« Je vous prie de m'excuser, j'espère que je ne vous serre pas trop le bras. Pour monter, ça va, mais... pour descendre, c'est une autre affaire.

— D'habitude, c'est dans l'autre sens, mon cher. C'est en montant qu'on perd patience, et que ça demande un effort.

— Ce n'est pas une question d'effort. Pas du tout. C'est plutôt que les pentes sont très angoissantes, les phénomènes de glissement sont souvent fatals, c'est connu. On peut perdre la vie, comme ça ! »

Il claqua des doigts sur les marches, répétant : « Comme ça ! »

Ça le déséquilibra, je dus le retenir.

Nous descendions, pas à pas. Le pantalon blanc de l'homme était à présent caressé par la brise de mer. La chaleur avait disparu.

« Et qu'est-ce qui vous amène ici, dans une région de falaises ?

— Moi ? Je visitais le plateau, les ruines de Mégalossi. Vous connaissez ?

— Oui, bien sûr, je connais. J'y suis allée un tas de fois. Vous êtes venu en voiture ? Une panne d'essence ?

— Non. J'ai marché depuis Mégalossi.

— Eh, dites, ce n'est pas tout près. Il y en a bien pour deux heures. »

Cela n'avait pas dû être facile, il était en sandales.

« Je me suis perdu. J'aurais voulu me géolocaliser mais je n'avais plus de réseau. J'ai marché, marché... À un moment, je me suis assis à l'ombre d'un muret pour me reposer. Et c'est juste après... j'ai entendu fredonner.

— Vous n'allez pas recommencer avec ça !

— Ça m'a attiré. »

Je vivais dans un grand salon. Je disais toujours, avec fierté : « Un grand salon, ça suffit. » C'était une pièce carrée, haute de plafond, et chaulée. On ne pouvait pas faire plus simple. Le lit trônait là, au milieu, je l'avais mis contre les murs au début, mais je trouvais que c'était mieux ainsi, et plus inattendu.

L'homme fixa le lit, il fixa les bibliothèques maçonnées sur chaque mur de la pièce. Et les livres. Les livres étaient mon vrai apport. Je fus heureuse que ces derniers suscitent l'intérêt de mon visiteur. Intrigué, il saisit *Cefalu*, de Lawrence Durrell. Il le tourna et le retourna, visiblement tourmenté.

« Madame, cette histoire, est-elle celle... celle avec les touristes ?

– Oui. Vous, si jeune, vous avez lu ça ? »

À ce mot, « jeune », il se raidit. Je me repris :

« Peut-être pas si jeune que ça...

– Qu'entendez-vous par là ?

– Je disais cela comme ça. C'est parce qu'à mon âge, on...

— Ce roman, madame... C'est bien l'histoire de ce couple qui se perd en Grèce...

— En Crète.

— Un couple qui rencontre une femme âgée. Et la femme offre quoi, déjà ?

— Eh bien, à boire et à manger. Au fait, je vous ai promis quelque chose à boire. Et peut-être avez-vous faim ? »

Sa glotte dansa sur sa gorge.

« La femme vit là, sur un promontoire. Isolée. Son mari est mort des années plus tôt. Elle est restée dans cet endroit d'où personne n'a jamais pu partir...

— C'est cette histoire.

— Et le couple devra vivre avec elle pour l'éternité.

— Exactement.

— Cette histoire, madame, est un cauchemar. Le destin qui attend ces gens est pire que la mort.

— Si on veut. Venez, je vais vous servir un grand verre d'eau », dis-je en allant vers la cuisine.

J'ajoutai, jaugeant la situation :

« Et puis, on va prendre un raki.

— À cette heure, un raki ? demanda-t-il, paniqué, en me suivant.

— C'est une eau-de-vie. »

Il se raidit à l'évocation de cet élixir.

« D'où ça vient, tout ce qui est là ? »

Depuis la porte de la cuisine, un verre dans une main, la carafe d'eau dans l'autre, il inspectait le salon qu'on venait de quitter, la maisonnette entière, en fait. On aurait dit qu'il inventoriait le trésor des barbaresques. Que mes murs blancs étaient des fresques, et ma maison, un grand palais. Du menton, l'homme désigna quelques sablés dans une coupelle posée devant lui. La toile cirée à fleurs, sur la table, rendait toute chose désuète.

« Ça, par exemple ?

– Ce sont des ghourabiés. C'est fait avec du beurre et du sucre, presque pas de farine. C'est délicieux. On s'en met dans la bouche et ça fond instantanément. Même pas besoin de mâcher.

– Ça, oui, je sais : des sucreries. Mais... on se les procure bien quelque part. Ça ne peut pas tomber du ciel...

– Si je les avais faits moi-même ?

– Mais les ingrédients, tout de même... Voyez-vous des gens ?

— Bien sûr que j'en vois !

— Beaucoup ? Souvent ?

— Souvent, mais pas beaucoup. Je vois ceux du hameau, là-haut.

— Parce qu'il y a un hameau ?

— C'est un bien grand mot, je le reconnais. Le plateau est plutôt désert. Nous sommes dans une zone très protégée. Il y a des éboulements fréquents de la falaise, ça décourage le tourisme.

— Les gens de ce hameau, sont-ils... vieux ?

— Vieux ? Cela dépend de ce qu'on entend par là... Évidemment, peut-être, de votre point de vue... Moi, je ne réfléchis jamais à savoir s'ils sont vieux ou pas.

— Sont-ils ridés, ces gens ?

— Monsieur a un problème avec les vieux ?

— Ces habitants, combien sont-ils ?

— Sept.

— Vous semblez bien catégorique.

— Si je le suis, c'est qu'ils sont sept. Huit, si je compte le pope qui, lui, vit à Mégalossi. Bon, Harry, le fils d'Arsénis, y vit aussi, mais... »

Se penchant subitement, il m'attrapa par les deux bras :

« Madame, dites-moi les yeux dans les yeux que vous ne savez pas pourquoi je suis là, ni ce que je veux.

— Vous m'effrayez, mon vieux. »

Il me lâcha, offusqué.

« Pourquoi "mon vieux" ? Ça fait deux fois que vous le dites... Sur quels critères ?

— Aucun. C'est une formule affectueuse.

— Ah bon ? Ce ne serait pas plutôt quelque chose qu'on voit, derrière ?

– Mais derrière quoi ?

– Je ne sais pas, moi. Plus loin. Derrière. Vous me donnez quel âge, au fait ?

– Regardez-moi ce coquet...

– Vous n'y êtes pas du tout, madame. Dites-moi, ça fait combien de temps que vous vivez ici ?

– J'entame ma vingtième année ce printemps.

– Vingt ans ici dans cette crique ? Dans cette maison ? Dans ce... trou perdu ?

– Perdu, perdu... Je m'y retrouve. »

Il parcourut de nouveau le site du regard. Les livres, les draps fleuris, les rares meubles, les tissus posés dessus... Il avait fallu des années pour parfaire la simplicité des lieux.

« Vous avez le WiFi ?

– Non.

– Un téléphone ?

– Non plus. Qu'en ferais-je ? Pour avoir du réseau, il faut regagner le plateau. Et encore, c'est fluctuant. Vous venez d'en faire les frais, je crois, vous qui n'êtes pas parvenu à vous géolocaliser.

– Vous lisez les journaux ?

– Les gens du hameau me donnent des coupures de presse, quand ils estiment que cela peut m'intéresser. J'aime beaucoup la préhistoire...

– Vous suivez les actualités ?

– Pas depuis quelque temps...

– Combien de temps ?

– Disons, une quinzaine d'années.

– Tout s'explique.

– Tout. Sauf votre curiosité. »

La pique n'avait pas dû lui plaire car, sans que j'aie eu le temps de comprendre comment cela s'était produit, le plus grand de mes couteaux de cuisine fut dans sa main. Il en tapota la pointe du doigt.

« Ma curiosité ? » répéta-t-il, sur le ton faussement calme d'un paranoïaque.

On m'a toujours dit qu'un paranoïaque ne se méfie qu'à hauteur des sévices qu'il compte vous infliger et, en quelque sorte, en vue de les justifier. Cette malheureuse description clinique me revint à l'esprit. Avais-je été mal avisée d'offrir l'hospitalité à ce jeune homme ? Normalement, dans cette crique, mes os qu'une main pourrait faire craquer comme du papier bulle n'avaient vraiment pas à s'en faire : ici, les mauvaises rencontres n'existaient pas. Il est vrai que, des rencontres, on n'en faisait pas.

« Dois-je avoir peur de vous, jeune homme ?

— Je ne sais pas... » murmura-t-il, avec un regard de biais.

Cela n'arrangea pas le climat général. Aussi décontractée que m'ait rendue la fréquentation de cette crique, j'eus malgré tout une appréhension. Je repensai à cette phrase qu'adolescente je trouvais si amusante : « C'est le moment de numéroter ses abattis. » Je l'avais toujours dite pour rire. Mais tout à coup, je me demandai. Pendant des années, par soleil écrasant, bourrasques, crachin, brouillard, on dévale un faux escalier sans jamais se casser la figure, on fuit un monde désaxé, et l'on meurt parce qu'un fou à lier croise notre chemin ? Ma mère me disait toujours de n'ouvrir ma porte à personne, pas même de quelques centimètres, car on peut y glisser le pied, de là le bras, et enfin le corps tout entier...

Tout à l'heure, sur la route torréfiée, je tenais à la vie. Mon dos et mes mains rayonnaient, le monde avait beaucoup trop de beauté pour que je songe à m'en aller. Maintenant, la vie j'y tenais parce qu'un vagabond, peut-être, voulait me la prendre.

Je respirai et dis à l'homme :

« Écoutez, soyons plus directs. Oui, je vis seule ici, c'est simple. Et il n'y a rien à voler, sauf si vous êtes un littéraire. La maison, j'en suis locataire. Mon corps est plissé comme un érable et, de même, j'en suis locataire. Beaucoup de choses m'indiffèrent. Assassinez-moi, si cela vous tente. Mais je dois tout de même vous avertir que vous m'entendrez encore fredonner longtemps après votre forfait. Bien le bonjour à votre conscience. »

Cette tirade fut évaluée durant quelques secondes dans la tête de l'inconnu. Après quoi, il reposa le couteau sur la table et, de nous deux le plus effrayé, il se mit à pleurer.

« Ce n'est pas ce que vous croyez... » dit-il.

La voix noyée de larmes allait si bien chercher l'âme de cet homme que je la vis. Une âme honnête, candide. Nullement celle d'un assassin. J'aurais pu m'arranger d'un gredin, du moins m'était-il facile de le penser maintenant que le couteau était repoussé, et que moi-même je venais par prudence de le ranger dans le tiroir. Mais ces pleurs... Que faire d'une telle dose d'humanité ? Avais-je jamais su m'accommoder de tant d'émotion ? Je lui tendis l'essuie-tout pour qu'il arrête d'éponger ses larmes sur sa chemise.

« Merci, balbutia-t-il. Oh, pardonnez-moi ! Je ne voulais pas vous effrayer... Je voulais juste savoir si le couteau était neuf ou usagé. Je ne vous veux aucun mal... j'essaie seulement d'obtenir des renseignements. »

Avait-on retrouvé ma trace ? Mais qui, après tant d'années, aurait eu intérêt à me pister ? Ma raison me certifiait que c'était impossible, mais une vieille appréhension, qui m'avait fait prendre tant de précautions par le passé, me procura quelques frissons.

« Vous êtes de la police ? Un détective ?

— Oh non, madame : je suis pianiste. »

Toute crainte s'évanouit. Car il avait dit cela avec une infinie tendresse. Ses grands bras lâchèrent leur appui sur la chaise, ils partirent se balancer, comme deux métronomes. Je vis les notes de musique monter autour de nous, telles des bulles.

« Il fallait me le dire tout de suite, au lieu de me faire peur !

— J'ai été bête, m'accorda-t-il d'un ton conciliant.

— Et pourquoi pleurer comme ça ? »

Il me fixa, soudain muré.

« Ça, je ne sais pas si je peux le dire... »

Son regard alla chercher sur le sol des ordres occultes. Les ayant pris, il annonça :

« Non, je ne peux pas.

— Tout à l'heure, sur les marches, en descendant, vous le disiez déjà : "Je ne peux pas." Cependant, on est descendus. C'est relatif, ces choses-là. Dites-moi ce qui vous turlupine.

— J'ai peur de vous choquer terriblement, madame.

— Je ne suis plus une gamine.

— Oh pour ça, croyez-moi, c'est bien cela que j'ai en tête... »

Faisait-il allusion à ma très concrète vétusté ?

Par la fenêtre de la cuisine, on voyait la mer turquoise et phosphorescente, dans le nid de kaolin. Ça allait lui faire du bien.

« Allons sur la terrasse.

— Où ça ?

— Venez, il n'y a rien à descendre. »

Je gageai que la luminosité du kaolin, dehors, balaierait ses mauvaises pensées. Et, en effet, à peine fut-il sur la terrasse qu'il contempla cette blancheur en perpétuel mouvement, presque bercé.

« C'est si blanc ! » s'exclama-t-il.

C'était vrai. Quand une couche de kaolin se salissait, le vent nettoyait la roche. Tout restait immaculé.

« Je peux rester des heures face à ça, dis-je. C'est magique, vous ne trouvez pas ? Et savez-vous pourquoi ? Parce que là-dessus, rien ne pousse. Pas même un coquelicot. Mais si on sait le travailler, cela donne des porcelaines. Et ça, j'adore. J'aime ce qui se métamorphose. C'est le sens même de la vie.

— Ah oui ? »

Il était vraiment désarmé, les larmes pas toutes séchées.

« Vous êtes trop jeune pour comprendre. Mais vous verrez, un jour. »

À cette phrase, il prit une sorte d'élan, et déclama :

« Oh, madame, il n'y a plus personne comme vous. »

J'offris à l'homme mon sourire le plus amène, lequel était la somme d'une heure d'hospitalité et du début d'une amitié.

« Ça fait à peine une heure qu'on se connaît et vous devinez tout de suite.

— Je devine quoi ?

— Que je suis unique en mon genre. Que les gens comme moi, ça se perd.

— Ça s'est perdu, en effet, et...

— Eh, je m'en doute... Mais je me vante. À toutes les époques, vous savez, ceux qui vieillissent trouvent que ça se perd. C'est eux qui sont un peu perdus, les pauvres. Comme ceux qui disent : "C'était mieux avant." Ah, ceux-là, je les ai toujours eus en horreur. La vérité, c'est que ça change. On naît, une génération, et après le moule est cassé et il faut tout recommencer. Même les erreurs.

— Le moule est en effet cassé... » dit-il d'un ton lugubre.

Il demeura là, plein de ce pathos qui me hérissait.

En plus, j'avais mal aux jambes.

« On ne s'assoit pas ?

— Est-ce que cette table est en pente ? s'inquiéta-t-il, avisant la jolie table en fer de la terrasse.

— Non, pas du tout.

— Elle penche. »

Je dus poser dessus un citron qui ne roula pas. Bien sûr, puisque ça ne penchait pas.

Le vent venait de se lever. Il se faufilait sur la mer, poussait les vagues en arrière. Des crêtes d'écume pointaient.

Je pris mon courage à deux mains.

« Je vois bien depuis le début que vous tournez autour du pot. Ce n'est pas seulement le manque d'eau, allez, ni même la pente à dévaler. Qu'est-ce que c'est ? Qui êtes-vous, ami pianiste ? Notez que "pianiste", ça, je le crois : vos doigts sont assez explicites. Mais alors, quel est votre problème ? »

Il prit acte de ma franchise.

« Ce sont les rides.

— Mes rides à moi ?

— Oui. Les vôtres.

— Vous n'êtes pas très charitable... J'en ai tant que ça ?

— C'est-à-dire, non... Mais moi, vous voyez bien, je n'en ai pas. »

Pourquoi en aurait-il eu, si jeune ?

« Et donc, là-haut, sur le plateau, si vous vous êtes trouvé mal, c'est parce que moi, là, je suis ridée.

– En quelque sorte.

– Vous êtes trop aimable.

– C'est un compliment : vous êtes merveilleuse.

– Arrêtez ça tout de suite.

– C'est seulement que les rides...

– C'est une obsession ! Il y a vingt ans, la différence d'âge était déjà à l'avantage des hommes. Ils faisaient les beaux, décatis, une gamine à leur bras. Leur ventre rebondi, un mets de choix. Et tout ce qui pendait sur eux était à leur gloire. Mais quand c'était dans l'autre sens, quand la femme était plus âgée que l'homme, ah il fallait les entendre... Que ce n'était pas désirable. Et de là, vite indésirable. Et puis, de là, inconcevable dans tous les sens du terme. Apparemment, la société n'a pas beaucoup progressé.

– Oh non, madame, vous vous méprenez. Si je parle des rides, c'est que... Oh non, je ne peux pas...

– Arrêtez, avec vos "Je ne peux pas" ! »

Il prit de l'élan.

« Les rides ont disparu, voilà ! On n'en a plus ! »

C'est un cri qu'il avait poussé. Juste après, il recommença à pleurer. J'avançai la main pour toucher sa tête, la chevelure glissa aussitôt sous mes doigts. Magnificence.

« C'est affreux, sanglotait-il.

– Les rides ?

– Non. Vous n'avez pas l'air de comprendre : les rides ont vraiment disparu.

– Oh ça, je le crois volontiers. Dites, c'est quoi, votre prénom ?

– Siméon.

— C'est joli, Siméon. Moi, c'est Admira. Arrêtez de pleurer, s'il vous plaît. »

Il arrêta.

« Revenons aux rides qui ont disparu. Il y a vingt ans, quand je suis venue vivre ici, eh bien, c'était déjà le cas. Les rides, les gens n'en voulaient pas et, pour les éviter, ils étaient prêts à essayer n'importe quoi. Il y avait des onguents invasifs qu'on ne pouvait se procurer que sur ordonnance : ces crèmes vous rongeaient l'épiderme. Et si ça ne suffisait pas, les gens s'injectaient diverses substances partout où ils ne s'aimaient pas. Les rides du lion colmatées, ça leur donnait un front bombé, comme la créature de Frankenstein. Ils avaient un air perpétuellement éberlué. Mais ils préféraient ça au reste. Et si vraiment rien ne marchait plus, ils se faisaient retailler la peau et se baladaient pleins d'ourlets. Un de mes amis avait divisé le monde en “parfaites” et en... à votre avis, en quoi ?

— Je ne sais pas.

— En “pas-refaites”. Cet ami avait établi des catégories pour lutter contre ce qu'il appelait la “bêtise humaine”. Le début de ce siècle a été fou. Les femmes, et puis les hommes après, plus personne ne semblait plus disposé à vieillir. Je me souviens d'une célébrité, on ne voyait plus son être sur son visage, et elle faisait mal à regarder. Une outre. Quelqu'un, méchamment, l'avait surnommée l'“outre-monde”. Cruel, mais amusant.

— Sauf que là...

— Une fois, j'étais à une réception. Un homme inaugurait sa maison, à Londres. Elle était remplie d'œuvres d'art. Il avait une compagne... Vous voyez ce que c'est, une compagne ?

— Oui, bien sûr. Mais...

— Il avait une compagne, et je parlais avec elle. Nous étions les deux seules femmes ridées de la soirée. J'étais beaucoup plus jeune, alors, mais enfin, j'avais déjà des rides. Et la femme aussi. J'avais dit : "On n'est même pas certaines que cela plaise aux hommes, tous ces visages refaits." La femme avait posé la main sur mon bras : "Vous vous trompez, c'est bien pire que ça. Beaucoup parmi les hommes puissants présents ici préfèrent les femmes refaites aux autres, tout simplement parce qu'elles avouent de la sorte que, pour être désirée, pour approcher un phallus, pour un totem, en quelque sorte, elles peuvent aller jusqu'à se scarifier. En plus, tout le monde le voit, leur allégeance est publique. Pour ces hommes, c'est une victoire sur les éléments. La femme objet est leur possession. Et c'est important pour eux, car même les hommes omnipotents, et peut-être surtout eux, ont peur de perdre leur puissance."

— Oui mais là, maintenant...

— Une amie photographe m'interdisait de me moquer de toutes ces femmes refaites. Elle disait que se moquer d'elles, cela revenait à se moquer de quelqu'un qui a un œil de verre. Et que c'était ne rien voir de la faiblesse, du désarroi, de la naïveté. Et en plus, elle était futée, elle disait : "Là, le résultat est raté. Mais attends que ça marche vraiment. Que, par une pulvérisation, on retrouve une peau de bébé, sans devoir supporter l'affront de montrer au monde ce qu'on a fait. Et tu verras, bien sûr que toutes et tous, on plongera."

— C'est pire encore, maintenant...

— Cela s'est aggravé ? J'entends. Je n'en suis pas très étonnée, en fait. Ça s'aggrave, puis ça s'améliore, et ce, depuis la nuit des temps. Il suffit d'attendre. Attendons. »

Une onde filait sur la mer.

« Cela va beaucoup plus loin que ça, désormais. Nous avons déridé le monde, madame, c'est ça, l'histoire. C'est ce que j'essaie de vous dire depuis le début. Vous êtes – cela ne va peut-être pas vous plaire – la dernière femme ridée sur Terre. »

Il avait un air si sérieux.

« C'est assez extraordinaire » dis-je.

Sur ce, j'éclatai de rire.

Combien de temps cet homme resta-t-il devant moi qui pleurais de rire ? Plus son air était sérieux – et mon Dieu, vraiment, il l'était –, plus mon hilarité jaillissait, savoureuse et irrépressible. C'était quelqu'un d'adorable, ce Siméon, quand on ne le surprenait pas à tripoter un couteau. Un pianiste, un musicien, une oreille peut-être absolue, puisqu'il entendait fredonner.

« La dernière femme ridée sur Terre, vous dites ? »

Oh, j'aurais pu le répéter cent fois, et cent fois je me serais esclaffée.

« Chacun son tour de pleurer », blaguai-je pour me justifier.

J'aurais pu préciser : et chacun aussi sa façon. Mais la mienne avait du panache, pardon ! Ce n'était pas le pathos que j'ai toujours eu en horreur. Mais je ne devrais pas dire cela. Il y avait cru, ce garçon, à sa peur, et il est mesquin de dénigrer la peine des autres.

« Et si vous restiez dîner ? »

Soit je lui avais fait peur, soit cet homme avait à faire : il se leva.

« Je vais y aller...

— Je n'ai pas ri contre vous, l'ami.

— Je sais. »

Il commençait déjà de reculer.

« Attendez, c'est idiot, lui dis-je. Ne partez pas comme ça. La nuit va vite tomber.

— Je sais.

— La route est longue jusqu'à Mégalossi, à pied...

— Je sais. »

Il aimait bien dire « je sais ».

« C'est absurde. Et si je vous accompagnais au hameau ? Les autres pourront vous aider.

— Je reviendrai. Il ne faudra pas m'en vouloir. »

Preste, mon invité gravissait déjà les marches, environné par le kaolin. Monter était pour lui moins rude, il avait dit vrai. J'aurais voulu que ce soit plus lent, parce que c'était si beau à voir, cet homme en pantalon blanc, à l'heure où les pierres expriment leur tendresse, à l'heure des pierres.

On aurait dit qu'il embrassait le kaolin à chaque pas. Au milieu des marches, il se retourna.

« Vous fredonnez encore ! » cria-t-il.

Très vite, il fut sur la crête, comme sur un fil un oiseau. Sa stature se dégageait dans le vermeil qu'offrait encore là-haut le soleil à la nature. Tout de suite après, la grande ligne du plateau l'avala.

Un jour tu passes la frontière

Chaque jour, je grimpais cette pente. L'empreinte de mes pieds s'était moulée dans le kaolin, cette roche tendre, aussi douillettement que dans le sable. Sauf que c'était resté. C'était la magie de l'endroit.

Ce matin-là, dans un air étrangement frais si l'on repensait à la veille, j'allais plus vite.

« Vous n'allez jamais me croire ! »

C'est ainsi que je les cueillerais. Souvent, le soir, ils venaient dans ma crique et je leur inventais des contes. Que je terminais toujours par : « Eh bien voilà, c'est mon histoire. La croira qui aime bien croire... » Mais là, il ne s'agissait pas d'une histoire. Quelque chose m'était vraiment arrivé. Pour une fois, une information provenait de moi, pas des gens du hameau. Bien sûr, j'aimais que ce soit eux qui me racontent le monde, et j'appréciais follement que ce soit à petites doses. Qui a besoin de grandes doses d'actualités ? Mais l'idée de les surprendre me mettait d'excellente humeur...

Ce hameau était situé sur le plateau, dans les terres, à deux kilomètres à peine de ma crique. De la même manière qu'un tournant de la corniche ouvrait sur la mer, un autre ici ouvrait sur les tuiles des quelques toits, et cela créait aussi une surprise. Un hameau habité dans cet endroit désertique.

Ce que je vis d'abord ? Le poulain. C'était la bête d'Arsénis, l'épicier du coin. Ces jours-ci, où qu'il fût, les autres accouraient, l'air baba devant les pattes menues, les cils droits sur les yeux humides, la crinière hirsute et naissante. Les poulains étaient notre vice. Bien sûr, nous aimions aussi les vieux canassons, les montures pelées que Dim, l'ânier, caressait comme si sa main contenait un onguent tout particulier. Mais on jubilait quand on avait un poulain.

Je trouvai mes amis assis devant l'étalage de ce qu'on appelait donc ici, pompeusement, l'« épicerie ». C'est là que l'on entreposait les packs de bouteilles d'eau, les briques de lait, les fruits, les seaux.

« Admira, tu as des antennes », dit Éléni.

Éléni était ma grande amie. Mais comment savait-elle, pour les antennes ? Je veux dire, que certaines avaient poussé sur mes mains, la veille...

« Tu ne crois pas si bien dire, car...

— On parlait justement de toi. De ton droit d'aînesse. Il faut nommer le poulain. »

Un jeu récurrent entre nous. Contes, courriers, synonymes, et noms d'animaux, dans ce hameau, j'étais responsable des mots.

« D'accord. Mais, avant, j'ai quelque chose de drôle à vous raconter...

— D'abord un nom pour le poulain », insista Arsénis.

Il était carré comme un de ses packs d'eau. Et les autres unis autour de lui. Inutile de leur résister : vivre auprès d'eux me l'avait appris. Je venais d'une capitale. À la ville, on ne comprend rien à la constance de l'esprit. Dans ce pays, les gens étaient têtus. Les traditions, incontournables. Voilà pourquoi je déclarai : « Avec joie ! »

Le poulain contemplait le genre humain. La bête, neuve et veloutée, si elle adorait les caresses, était née pour douter.

« Oui, nous parlons de toi », lui dis-je.

L'œil bombé fut traversé d'un éclair. Sous l'auvent de l'épicerie, tous étaient émus. Ils s'étaient levés tôt, encore plus tôt que d'habitude, pour voir le poulain. Pour voir le début d'une vie.

J'allais devoir trouver les mots. Je m'approchai du poulain, sur le côté, qu'il me voie bien : ces bêtes voient surtout de biais. Je me taisais. J'attendais qu'il se sente appelé. On se jaugea durant quelques secondes. Il était presque sur la pointe des sabots, prêt à détaler. Je le contemplais sans rien dire. Une artiste, il y a longtemps, vous proposait de vous asseoir devant elle, en silence. Se regarder, ensemble. Pour nous aussi, cela marcha. La bête enfin fut dans mes yeux comme dans le creux de la main. Plus un atome ne bougeait.

« Poulain, tu me reconnais, n'est-ce pas ? Je suis Admira. Admira, c'est mon nom. Aujourd'hui, nous allons te nommer, toi aussi. Et vois-tu, il ne faut pas se tromper, parce qu'un nom, c'est pour toujours. Mais ce nom, tu peux le choisir… »

Là, ils bruissèrent. Je levai ma main sur le côté pour leur demander de se taire.

« Poulain, je vais aller vers toi. Tu décideras. »

Ensuite, je m'avançai trop vite, le poulain décampa. Je l'appelai : « Périméné ! Périméné ! » Cela veut dire

« attends-moi », en grec. Parce qu'il n'était qu'un petit, l'animal s'arrêta.

« Périméné... » repris-je, la voix plus câline.

Chatouillé par un grand mystère, le joli poulain nous considérait un à un de son œil oblique. Il revint lentement vers moi, une lumière rouge filtrait à travers ses oreilles. Après que ses naseaux eurent chatouillé le dos de mes mains, il frotta son chanfrein sur mon épaule. Il le fit avec une telle délicatesse... et la lourde tête posée là respirait en même temps que moi.

Je dis aux autres :

« Voilà, j'ai nommé le poulain. Et ce sera Périméné. »

Et je repoussai tendrement la belle tête baptisée.

Le poulain de l'année d'avant, on l'avait appelé Pamé – « on y va » –, car c'était plutôt un traînard, celui-là.

Ces gens du hameau savaient bien que ce que je faisais, ils auraient pu le faire aussi. Mais ils tenaient à ce que j'aie ce rôle, cette malice, de trouver un nom évident pour chaque poulain. C'étaient nos facéties à nous. Et même s'ils ne riaient jamais vraiment, héritiers d'on ne sait quelle tradition, ils savouraient mon humour. Pour les amuser davantage, j'annonçai :

« Hier, sur le plateau, j'ai croisé un homme. Beau comme un dieu. »

Un ange passa. Périméné seul le vit, et se mit à lui trotter après.

« Comment ça, “croisé” ? » demanda Éléni.

Elle aimait l'archéologie. Elle avait voué sa vie, ses études, sa carrière, au site classé de Mégalossi. Elle disait que mon arrivée avait mis fin à sa solitude.

« Croisé. Sur la route.

– Un homme, dis-tu ?

– Oui.

– Mais qu'est-ce qu'il faisait là ? »

Elle le demandait aux autres. Sa longue natte voltigea quand elle se tourna dans leur direction.

« Il venait de Mégalossi, répondis-je. Il s'était perdu. »

Son regard revint vers moi, soupçonneux.

« Il était à pied ?

– Oui.

– Mais c'est très loin, Mégalossi…

– C'est ce que je lui ai dit. En plus, hier, il faisait si chaud…

— Il ne faisait pas chaud, hier. Il faisait comme aujourd'hui. Presque frais.

— Il a fait incroyablement chaud à un moment, quand je revenais vers chez moi.

— Je ne crois pas, dit Éléni. Tu te trompes. »

Elle prit les autres à témoin. Tous secouèrent la tête : ils n'avaient pas eu chaud. La brise fraîche les avait caressés jusqu'au soir. On pouvait les croire : ils adoraient râler, ils se seraient plaints de la chaleur s'ils l'avaient ressentie.

« Bon, j'ai tout de même croisé un homme, hier, sur la route. Et nous avons eu chaud tous les deux, aussi étrange que cela paraisse. »

J'ajoutai :

« Voilà, c'est mon histoire, la croira qui aime bien croire... »

Mais l'heure n'était pas aux contes.

« Tu l'as croisé où, cet homme ? demanda anxieusement Éléni.

— Vers les grands buissons d'épineux. Le pauvre, il se trouvait mal. »

J'allais dire « par cette chaleur », mais il me sembla judicieux de ne plus insister sur ce point.

« Alors je l'ai emmené. »

Costa s'affola :

« Quoi ? Où ça ? »

Costa, d'ordinaire si calme.

« Eh bien, Costa, chez moi, évidemment. Et ça, ce n'est que le début. Car après, l'homme m'a posé tant de questions, j'ai cru qu'il était de la police. Et même, avant cela, un criminel. Il voulait tout savoir de moi : depuis quand j'habitais là et si j'avais de la visite, qui vivait dans notre hameau, et même si vous étiez vieux. Heureusement, c'est un pianiste, cela m'a beaucoup rassurée. »

Un silence complet accueillit mon anecdote. Elle était pourtant très divertissante dans ce hameau où nous vivions chaque jour la même chose.

« Un pianiste ? répéta Éléni.

– Oui. Il s'appelle Siméon. Mais attendez, vous n'allez pas le croire... Après un tas de détours que je vous épargne, il m'a dit : "Vous êtes la dernière femme ridée sur Terre." Ce n'est pas un énorme délire, ça ? Alors, qu'est-ce que vous en dites ? »

Ils n'en dirent rien. L'ange qui était passé venait de revenir. Apparemment, il avait élu domicile devant l'épicerie. Il passa et passa encore. Périméné fit un effort, courageusement le renifla, jetant ses naseaux comme un sort.

« N'est-ce pas du grand inédit, ce que je vous raconte là ? » dis-je.

L'un toussa, les autres en firent autant. Périméné recula de ses quatre sabots. En faisant ma révélation, je pensais susciter un flot de questions. Mais je créai plutôt une gêne. Leur pâleur m'inquiéta. Et si cet homme m'avait menti ? S'il était en réalité un rôdeur, un psychopathe recherché dans toute la Grèce, dont on m'aurait caché l'existence dans les parages pour ne pas m'épouvanter ? Le sol marbré, les grands figuiers, les géraniums, les coquelicots... ce qui était familier ne l'était plus. Tous assis sur des chaises qui restaient nuit et jour sous l'auvent, avec leur coussin dessus. Je ne leur avais jamais vu de telles mines. Normalement, ils prenaient tout à la légère, sauf quand un décès réduisait la communauté, déjà pas grande, et qu'ils pleuraient. Mais c'était rare. Du fait de la désertification, la mort frappait plutôt de loin : parfois, ils apprenaient la disparition d'un cousin expatrié, en général tout à fait oublié.

Une minute s'écoula qui me parut durer des siècles. Mes camarades me faisaient penser aux pétrifiés de Pompéi, couverts de cendre et de silence. Mais quel volcan aurait cédé sur ce plateau si calme ?

« C'est venu de ceux de la ville », dit Éléni.

Elle se tourna vers les autres :

« N'est-ce pas, que c'est venu de là ? »

Ils hochèrent la tête, les yeux exorbités.

« Tu te rappelles, Admira, il y a quinze ans : plus personne ne voulait vieillir.

— Justement, j'en parlais hier avec ce jeune homme qui...

— Eh bien, ça a fini par s'aggraver...

— Exactement ce qu'il m'a...

— Admira, laisse Éléni finir ! » s'écria la pourtant timide Apollonia.

Elle avait un air remonté que je ne lui connaissais pas. Son métier, c'étaient les sucreries, qu'elle testait avec délectation ainsi que cela se voyait à son embonpoint. Sa pâtisserie livrait dans le bourg de Mégalossi.

« Ceux de la ville, poursuivit Éléni, tu as été l'une des leurs, Admira, tu vois de quoi je veux parler, toi qui as vécu parmi eux : ce sont des gens qui sont ailleurs. Ils se créent des soucis. N'est-ce pas, les amis, qu'ils sont ainsi ? »

Ils hochèrent de nouveau la tête. Sauf Dim, l'ânier :

« Ils ont bon dos, les gens de la ville. Ce n'est pas venu d'eux, c'est venu de chacun de nous. C'est ça, la vérité. Chacun de nous.

– C'est la ville qui a commencé, objecta Éléni.

– De la façon dont vous le racontez, Admira ne va rien comprendre », dit Arsénis.

Éléni s'empourpra. Plus que tout au monde, elle souhaitait être claire. Elle se concentra un moment, cherchant la meilleure façon de s'y prendre.

« Il y a quinze ans, Admira... tu te rappelles qu'on a enterré la sœur de Costa ? »

Je le revoyais, Costa, conduisant sa fourgonnette, qui servait à tout ici, avec le cercueil de sa sœur à l'arrière pour aller jusqu'au cimetière.

« Je m'en souviens bien, moi... » murmura Costa.

Il tortillait le coin de son coussin avec deux doigts.

« Je m'en souviens bien moi aussi », lui dis-je.

Les yeux rougis de Costa au volant. Dans les tournants, on apercevait ses joues pleines de larmes. Il perdait sa sœur extravagante sans laquelle le hameau diminuait encore.

Éléni reprit son élan.

« Un mois avant l'enterrement, Costa est revenu de la ville avec des médicaments importants pour sa sœur, tu t'en souviens aussi, Admira ?

– Oui, je crois.

– Le Mondoror était dedans.

– Le Mondoror ? De quoi s'agit-il ? »

Ils se firent soudain si petits ; les coussins parurent plus gros qu'eux.

« Je vais te le dire, moi ! »

C'était encore Dim. Dim vêtu d'un noir délavé, terreux, sur son coussin fleuri de myosotis. Il vivait une idylle permanente avec ses ânes et ses chevaux. Comme eux, doté de cils bien droits, et une forte tête.

« Toi, Admira, t'as pas de téléphone. La télé, tu l'as pas non plus. Les journaux, tu ne les lis plus depuis longtemps, c'est nous qui te racontons ce qu'il y a dedans. En plus, tu ne croises personne. Donc, si on ne te le dit pas, comment tu pourrais le savoir, ah ? »

Il s'arrêta en si bon chemin, les mains sur ses genoux, son tour était passé.

Arsénis, lui, se leva :

« Le Mondoror, c'est important, parce que c'est un médicament. »

Puis il se rassit lourdement. Tina, sa femme, lui caressa la tête. Petite et rebondie, elle aimait, quand Arsénis était assis, se trouver plus grande que lui et l'envelopper de gestes maternels.

Je tapai une fois dans mes mains. Ils sursautèrent. Quant au poulain, il décampa.

« Ce Mondoror, si c'est un médicament. Ça soigne quoi, au juste ?

— Les rides », répondit Éléni.

Décidément, je n'entendais plus que ce mot.

« Un médicament contre les rides ? Vieillir n'est pas une maladie. »

Comment s'appelait ce fou, à la Silicon Valley, qui assimilait la vieillesse à une pathologie et qui voulait l'éradiquer, comme la peste ? Un dingue qui évitait la lumière du jour, ne mangeait que des capsules vitaminées et ressemblait à un calamar. C'était il y a des années. Aurait-on fini par considérer l'âge comme une tare ? Si c'était le cas, il ne fallait plus s'étonner de rien, car la science trouve toujours un moyen de guérir une maladie.

« Qu'est-ce qu'on a encore inventé ? » demandai-je.

Arsénis considérait le poulain, Costa étudiait le galon de son coussin, Apollonia vérifiait si ses ongles étaient bien sur ses doigts, Tina époussetait des miettes invisibles sur sa blouse, Éléni regardait le sol.

Dim se dressa :

« C'est un médicament qu'on prend. Une fois. Une seule dose suffit. Ça change le métabolisme. Ça existe depuis quinze ans.

— Et que fait-il, ce médicament ? demandai-je.

— Il fait disparaître les rides.

— Êtes-vous en train de me dire que, si on prend ce... Mondoror, on ne vieillit pas ?

— On vieillit, mais ça ne se voit pas, dit Éléni.

— Et si on a déjà vieilli ?

— On rajeunit considérablement.

— Mes aïeux ! Et cela fonctionne, Éléni ?

— C'est imparable.

— On rajeunit, mais à quel point ? On redevient un petit enfant ?

— Non. On reste comme on est, mais sans rides. C'est pour ça qu'on paraît plus jeunes.

— Et ça coûte cher, cette histoire ?

— Le prix est dérisoire. Quelques centimes. Parce que la personne qui a inventé le Mondoror voulait que tout le monde puisse y avoir accès, étant donné que c'est un bienfait pour...

— Et l'effet dure combien de temps ? »

Pauvre Éléni que je pressais de questions.

« Toute la vie.

— Avec une dose ?

— Oui. »

C'est donc à tous que je le dis :

« Et vous croyez les charlatans qui vous ont raconté cela, si je comprends bien ? »

Ils n'avaient rien à ajouter.

« Rassurez-moi, on meurt quand même ?

— On meurt si on tombe malade », dit Costa.

Pensait-il à sa sœur sacrée ?

« On meurt quand on se fait la guerre, rappela Apollonia dont le fils, légionnaire, était mort au combat.

— On meurt quand on s'entretue, précisa Tina pour ne pas oublier les drames que ses mains ne pourraient panser.

— On meurt, c'est la vie », précisa Arsénis.

Il aimait bien, après sa femme, continuer de parler.

Dim ajouta :

« On meurt surtout si on fait une mauvaise chute, il faut le lui dire, en tout cas, moi, je...

— On meurt, c'est tout », le coupa Éléni.

Plus j'essayais de me figurer le remède auquel ils faisaient allusion, moins j'en voyais les avantages.

« Et alors quoi, on meurt sans rides ? On meurt avec l'air jeune, c'est ça ?

— Éléni, dis-lui que oui. Parce que c'est la vérité. » cria Dim.

Elle n'osa rien ajouter.

« Mourir jeune... quel intérêt ? m'indignai-je. Cela reviendrait à mourir prématurément.

– C'est pour ça que c'est si triste, la mort, se lamenta Tina.

– Il est vendu dans le commerce, ce médicament ? »

Personne ne répondit.

« Dim ?

– Oui, c'est en vente libre.

– Et beaucoup de gens en ont pris ?

– Beaucoup », dit Éléni.

Elle baissa les yeux :

« Et même, ça va au-delà. »

Maintenant, j'étais exaspérée.

« Tout cela est aberrant. Qui voudrait perdre la vie jeune ? Cela nous plongerait dans le désespoir. Il y a une pente de l'âge, ça a un sens. »

J'observai Périméné qui était revenu et faisait battre ses oreilles. Sa nouveauté adorable. Son naturel.

« Si je tenais l'abruti qui a eu l'idée funeste d'inventer un médicament qui ne laisse plus rien à voir... »

Ils eurent un mouvement de repli, comme ces chevaux qui, sans reculer, couchent leurs oreilles en arrière. On aurait dit qu'ils ne voyaient plus en moi Admira, mais Némésis, la déesse du châtiment céleste, celle « qui ressent de l'indignation devant un avantage injuste », ainsi que je l'avais lu quelque part et, d'ailleurs, le leur avais appris. Je leur offris mon verdict :

« Dieu merci, y a pas ça ici. »

Plus personne ne respira.

« Oh non ! Ne me dites pas que vous en avez pris aussi ? »

Pas un n'avait la moindre ride.

Sa sœur étant malade, au lit, Costa avait gagné Athènes pour se procurer un médicament, lequel, prétendait-il alors, manquait. Ce n'était là qu'un alibi, il aurait suffi d'aller à Mégalossi ou, au pire, de passer commande, ainsi qu'il le faisait toujours. Or, Costa avait son idée. L'information courait partout qu'à Athènes chaque pharmacie donnait – pour ainsi dire – du Mondoror. À la télévision, on montrait chaque jour des « avant » / « après » : les gens restaient reconnaissables, à ceci près qu'ils n'avaient plus de rides. Le hameau constatait jour après jour qu'une fraîcheur nouvelle était possible. Que le Mondoror, loin de vous défigurer, vous restituait votre visage. Un tissu repassé remplaçait les plis qui, s'ils faisaient de beaux drapés sur les statues, étaient moins glorieux sur les êtres humains. La mer ne se retirait plus. Le naufrage cessait. Les rides, à quoi cela servait-il, à part à vous creuser une multitude de petites tombes, sépultures de votre jeunesse ? À peine quelques voix s'élevaient-elles pour évoquer l'utilité des rides. Personne n'avait plus trop envie d'écouter ces rabat-joie. Et à moi, pour s'éviter des railleries, on n'en parla tout simplement pas.

Le hameau fit semblant de croire que Costa allait réellement à Athènes pour la raison qu'il invoquait, le besoin de médicaments de sa sœur. On critiqua Mégalossi, ville si mal achalandée, et aussi le gouvernement qui les laissait se débrouiller seuls dans ce coin du Péloponnèse. On critiqua aussi le pope, par habitude. Dans les journaux, il se disait que même les gens d'Église prenaient le Mondoror.

À Athènes, Costa trouva une pharmacie où la queue paraissait moins dense qu'ailleurs, quelques heures seulement. Il s'était donné pour mission d'acheter de quoi rajeunir le village, si jamais il trouvait le médicament facilement.

Enfin, il appela l'épicerie : « Il y en a. J'en prends ? » Là encore, on fit semblant de croire qu'il était tombé dessus par hasard. Il rappela pour confirmer le prix – la somme négligeable passait presque pour un gain –, ce qui acheva de les décider.

Ensuite, il reprit la route vers le Péloponnèse. Dans la fourgonnette, à la place du mort, les doses étaient agitées de soubresauts. Il les cala avec tendresse dans les plis de sa veste qu'il avait retirée, échauffé par les perspectives. Tout en roulant, il prit sa dose avec de l'eau comme on le conseillait sur la notice.

Sous l'acacia, il annonça : « Pour moi, en tout cas, c'est fait. Pour le moment, je me sens bien. À Athènes, on entrevoit ce que ça donne, j'ai vu peu de vieilles personnes. »

Il remit à chacun son dû. Sans se concerter, tous estimèrent que le plus sage était d'attendre de voir ce que le Mondoror faisait à la peau de Costa. Sauf que, malgré ses quarante-cinq ans, Costa n'avait quasiment pas de rides, du moins aucune prononcée, à peine une ligne dans le cou, qui n'était peut-être qu'un pli, même pas si moche que ça. Ils surveillèrent ce pli-là.

Au bout de deux semaines, le pli s'atténua. En trois mois, il avait disparu. La sœur de Costa, elle aussi, disparut.

Entre-temps, tous avaient avalé leur dose.

« Je m'en serais bien aperçue... »

Je le leur affirmai. Comme s'il était encore possible que rien de tout cela ne soit vrai. Pourtant, au moment même où je prononçais cette phrase, je compris que ça se tenait. Ça se tenait, comme la peau tendue de leur visage dont, aussi ahurie que Siméon quand il était tombé sur mes rides – mais pour la raison inverse –, je découvrais l'existence. Non, je n'avais pas remarqué, avant, que ces amis inespérés rencontrés il y a vingt ans n'avaient pas vieilli, ou si peu. Qu'ils avaient même rajeuni. J'avais été aveuglée par l'amour, telle la mère qui, regardant s'épanouir un adulte à qui elle a donné naissance, persiste à le considérer comme un enfant. Telle l'amoureuse persuadée que le corps de son amoureux est encore là, intact et fort, alors que non, il est affaibli, courbé.

Maintenant, bien sûr, cela me sautait aux yeux. Leur visage, leurs mains, leurs bras, l'aspect neuf de tout ça sous l'ombre marbrée et gigotante de l'acacia.

Le cou lisse de Costa, qu'il cachait souvent d'une main en me parlant. Une main juvénile, en fait.

Arsénis, on aurait dit son fils, Harry, qui vivait à Mégalossi.

Tina, Dim, Apollonia : jeunes, tout ça.

Et Éléni ? Jeune. Elle avait mon âge.

Je leur trouvais souvent fort bonne mine en effet, mais eux me disaient : « C'est l'air pur. »

Je dus admettre l'évidence : la dernière femme ridée sur Terre l'était au moins dans ce hameau. Eux qui ne suivaient pas les modes, ou si peu, qui n'étaient jamais démodés, qui tiraient si grande fierté d'être l'authenticité même, avaient succombé à une tendance. Ils s'étaient laissé influencer. Suivre la tendance de la ville, quand on a un tel panorama, des oliviers, des puits, des brebis, des ânes, des poulains, des livres, des gens au cœur sur la main, et que, grâce à ces trésors, on sait le sens de la vie... Qu'est-ce qui lui avait pris, à mon village ?

Ce ne furent pas eux qui me révélèrent toute la dimension de cette affaire. Non, ce fut autre chose. Je revoyais Siméon, la veille, devant moi qui pleurais de rire. Son air désemparé. Musicien, il avait, comme on dit, senti la salle. Il avait compris que s'il me disait la vérité dans toute son étendue, je n'allais peut-être pas la supporter. Et il était prudemment parti.

Alors, comme quelqu'une qui sait déjà l'étendue des dégâts qu'elle va découvrir sous la bâche et qui, pour ça, n'a même pas besoin de la soulever, je compris que ça allait encore beaucoup plus loin que tout ce que je pouvais imaginer. Mes amis n'étaient que des échantillons du désastre. Ce n'était pas seulement le hameau, pas seulement au-delà du plateau une bande d'irréfléchis, pas seulement les crédules, pas seulement les narcissiques, les naïfs, les matérialistes, les sans spiritualité, les aveugles de la beauté, pas seulement des religieux piégés par leurs contradictions, pas seulement les gens d'Athènes, ni ceux de Grèce, ni un certain nombre d'autres ici et là... c'était bien plus. Une chose énorme et évidente qui concernait peut-être bien la Terre entière.

Rien n'est précaire comme vivre

Ils formaient comme une arête : tous bien alignés sur la crête, là-haut, au ras du plateau. Siméon, Costa, Éléni et le pope à qui je louais la maison. Une femme les accompagnait. À peine s'engagèrent-ils dans la pente qu'ils durent écarter les bras. Ils ouvraient ces bras dans le seul but de garder l'équilibre, et ils n'avaient la superbe ni des danseurs de sirtaki ni des funambules. Ils trébuchaient et glissaient comme si j'avais savonné les marches. Leurs pieds n'arrivaient pas à se ranger dans l'empreinte creusée d'année en année par mes pas. Mes traces menues. Si vieillir est un processus naturel, j'étais fière d'avoir, au moins à cette extrémité, conservé une sorte de jeunesse. Mes pieds vivaient maculés de kaolin, et l'on dit que c'est exceptionnel pour la peau. J'écris cela en n'y croyant guère, car j'avais aussi entendu dire que des femmes en ingurgitaient, abusées par des charlatans qui prêtaient à cette roche des vertus cosmétiques. Elles s'empoisonnaient avec.

La première de la file, c'était Éléni, son panier au bras. Une natte serrée dans son cou, qu'elle venait de faire. Elle avait mis sa robe-tablier, noire, constellée de boutons blancs, achetée à Mégalossi pour les grandes occasions. Elle la portait une fois par an, quand nous fêtions le jour où l'État grec avait promu notre région au rang de parc régional, lui offrant ce statut privilégié grâce auquel nous avions totalement la paix.

Éléni montrait aux autres les points d'appui dans la roche, tout en peinant elle-même dans la descente. Elle ne prenait jamais cette pente autrement qu'en boitant. Elle évoquait une gêne à la hanche. Elle était tombée d'un cerisier dans le jardin de Harry à Mégalossi, quinze ans auparavant. Pourquoi cette information me revenait-elle à l'esprit ?

Siméon n'avait pas mon bras pour s'appuyer, le pauvre. Il essayait de se montrer vaillant. Le pope n'était pas aidé par sa robe, je le lui avais dit cent fois. Costa était un timide en même temps qu'un grand bavard. Depuis des années, il prenait la pente, en s'arrêtant à chaque marche, toujours avec une chose urgente à raconter que, bien sûr, je n'entendais pas. Il devait répéter, après, à plat, rouge de l'effort fourni. Quant à la femme, elle dérapait, se rattrapait avec les mains aux monticules de kaolin. Elle en aurait plein ses habits.

Il me sembla soudain que cela faisait beaucoup de déséquilibre et de dérapages. Je repensais à l'appréhension de Siméon devant la pente. Le médicament miraculeux avait-il des effets secondaires ? Des hirondelles voletaient au-dessus de leur tête, elles les suivaient depuis la crête, tanguaient avec eux. Peut-être se moquaient-elles d'eux. En Grèce, les hirondelles sont le symbole de la métamorphose.

« Ce n'est pas facile d'accès », finit par dire la femme aux autres.

C'est précisément ce qui m'avait plu en découvrant cet endroit : l'absence de chemin. Autrefois, du temps où le gisement était encore exploité, on chargeait le kaolin directement sur des bateaux. Lorsque j'avais emménagé, pour tout vestige de cette manière d'expédier les cargaisons, il restait un ponton et les ruines d'un quai. Le pope me les avait vantés, à mon arrivée. Un peu agent immobilier, il trouvait qu'un ponton, c'était inespéré, cela permettait de plonger, plaisir également ecclésiastique. Or, bien vite, le ponton s'était écroulé, et un morceau de quai avec. Maintenant, tout était sous l'eau, couvert d'oursins et de coquillages. Je plongeais souvent pour admirer cette merveilleuse évolution des éléments.

Les choses ont une vie sur Terre. Elles naissent, s'usent et s'en vont. C'en était terminé des bateaux que l'on chargeait sans répit. Le gisement pouvait vieillir à sa guise, il n'y avait plus de contremaîtres, ni d'ingénieurs, ni d'ouvriers. Rien ne dérangeait désormais la crique. Les visiteurs étaient inexistants. L'été, seuls les férus de nautisme passaient sur leur beau voilier. On pouvait deviner quand l'un d'eux allait mouiller en voyant les navigateurs regarder en direction de la crique. Attirés par ce blanc comme par le chant d'une sirène. La proue du bateau se dirigeait vers moi, sans le savoir, elle me visait. J'avais le temps de me cacher. Ensuite, ces gens débarquaient d'une annexe en poussant des cris extasiés. Le kaolin rend si bien sur les photos : ils posaient, ils repartaient.

Le pope me donna l'accolade :

« C'est toujours... divin de vous voir, Admira. »

Il y a vingt ans, c'est lui qui m'avait montré comment ouvrir la maison. La serrure était vétuste, il proposait de la changer. J'avais dit : « Laissez. Je vais l'aimer telle qu'elle est. » Tout chrétien qu'il fût, ça l'avait quand même étonné. Aujourd'hui, je le regardai mieux. En fait, il n'avait pas vieilli depuis notre première rencontre. Comment avais-je pu ne jamais remarquer que la barbe de son visage ne pouvait dissimuler l'absence de passé ?

« Je vous ai amené des gens », annonça-t-il. Depuis toujours, par charité, on le laissait faire l'important, il y prenait tant de plaisir. Ce jour-là, il se surpassa : confit de protocole, il s'effaça sur la pointe des pieds avec une fausse humilité pour laisser la femme s'avancer.

Un chignon parfait illustrait la tenue de son être. Il ne faut pas juger les gens d'un coup d'œil, et pourtant, c'était bien tentant. Le regard intelligent et mesuré répondait si bien au tailleur, beige, sobre, parfaitement pensé. Elle n'avait de faiblesse qu'une sorte de gêne diffuse, qui venait de plus loin, à mon avis, que du seul ennui de me causer du désagrément. À vrai dire, je sentis le gouffre du doute chez cette femme. On capte parfois des vérités insoupçonnables. Et, à mon âge, l'expérience s'ajoutant à l'intuition, je captais incomparablement.

« Je m'appelle Josée Derrida. Je suis venue pour que nous ayons une conversation. C'est M. Banerjee qui m'a conduite jusqu'à vous... »

Elle ouvrit une main vers Siméon.

Comme c'est étrange, le nom des gens. Ça les change complètement. Le jeune pianiste eut soudain moins l'air d'être un enfant.

« Je peux tout vous expliquer, dit M. Banerjee.

– Et moi aussi », s'empressa de dire la femme, amenant son bras devant le beau jeune homme, comme pour lui intimer de se taire.

Elle ne le rabrouait pas. Seulement, ce qu'elle était venue m'apprendre commençait là. Et c'était à elle, à elle seule, de le dire.

« Qui prendra de la citronnade ? lançai-je. Venez, Siméon, vous allez m'aider pour les verres.

– Je peux le faire », proposa Costa.

Mais j'avais déjà saisi la manche de celui qui, de nouveau, était mon invité.

Dans la cuisine, Siméon retrouva la toile cirée à fleurs et le ramequin, aujourd'hui vide de ghourabiés. Son regard se porta rapidement sur les couteaux rangés dans le pot.

– Eh oui, tout est à sa place, jeune homme.

– Madame, il ne faut pas m'en vouloir. »

Il ne faudra pas m'en vouloir.

« Vous m'avez vendue, en quelque sorte.

– C'est que... c'est que c'est tellement important, si vous saviez... je ne pouvais pas garder ce secret pour moi. Je devais le raconter à quelqu'un, cela m'aurait échappé, de toute manière. Comment garder un tel secret ? J'ai réfléchi pendant des jours, et je vous jure que j'ai trouvé la personne à qui en parler.

– Et où êtes-vous allé la chercher ?

– À San Francisco.

– Ce n'est pas la porte à côté.

– Elle a pris l'avion sur-le-champ. »

« Désolée, dis-je en revenant : je n'ai plus de ghourabiés.

– J'en ai apporté, annonça Éléni. C'est un cadeau d'Apollonia. »

Et, pour la femme :

« Apollonia fournit toutes les pâtisseries de Mégalossi.

– Oui, ça, c'est vrai », confirma Costa.

Comme si le reste ne l'était pas.

Des ghourabiés et tout ce monde. Cela allait durer un certain temps.

« Je dirige l'Institut Derrida. Qui a conçu le Mondoror. Je crois que l'on vous a sommairement expliqué ce qu'est ce médicament.

– Je n'ai pas trouvé cela si sommaire.

– Il y a beaucoup à savoir.

– Et d'après ce que j'ai pu comprendre, il y a aussi beaucoup à voir, notamment sur les visages. »

Le zeste d'ironie que j'avais mis dans cette phrase la fit se chatouiller le front.

« Je voudrais que ce rendez-vous soit d'une totale transparence. Je vous ai dit mon nom, Josée Derrida. Et vous, c'est Admira comment ?

– Moi, c'est simplement Admira.

– C'est très beau », dit-elle, sur le ton d'une personne jugeant sage d'aller provisoirement dans votre sens.

Elle savait que j'étais arrivée un hiver il y a vingt ans. Que je parlais l'anglais d'une Anglaise. Que je cherchais une maison isolée, les pieds dans l'eau. Et que j'étais venue la chercher dans cet endroit du Péloponnèse qui n'avait jamais regardé la mer, aussi proche qu'elle soit. La mer, ici, avec ce plateau festonné de falaises, était en quelque sorte inabordable. Ma demande, un peu irréaliste. On avait quand même trouvé. La maison du contremaître dans l'ancienne mine de kaolin. Le tout, à l'abandon. Grâce au pope, la transaction s'était faite très vite.

Elle savait que mon nom était une énigme que pas même le bail n'arrivait à résoudre. Elle savait que des livres étaient arrivés. Qu'ils venaient de Londres. Quelques meubles, aussi. Costa et Dim, avec trois ânes, avaient aidé à les descendre.

Elle savait que j'étais sociable quoique solitaire, prompte à la blague, et heureuse. Que je ne m'ennuyais jamais.

« On m'apprend que vous racontez admirablement bien les histoires, Admira. Vous pourriez me raconter la vôtre ?

– Après vous », répondis-je, avec une civilité qui m'amusait moi-même.

Biologie moléculaire. Elle ne pensait qu'à la science. Elle n'avait eu ni enfance ni jeunesse, et s'était mariée par facilité avec un collaborateur. Elle avait eu trois enfants nés d'une communauté d'idées, laquelle n'était pas l'amour. Elle travaillait la mondorore dans son laboratoire : une herbe banale, inodore, qui servait dans les cas d'urgence à humidifier des surfaces. La terre se craquelait chaque jour un peu plus sur la planète, le nouvel or était l'humus, qui allait devenir plus rare que le plus précieux des métaux. La femme avait établi comment cette herbe négligée pouvait emmagasiner chaque parcelle d'humidité au point de prémunir les cultures contre la sécheresse. Cette découverte majeure sauvait les récoltes. Josée Derrida avait reçu les plus hautes distinctions pour cela. Elle atteignait alors un âge difficile à imaginer aujourd'hui devant son visage poupin. D'ailleurs, elle ne le révéla pas. Il y a quinze ans, même si ce n'était encore que le début de la maturité, vieillir lui déplaisait. Jeune, elle n'avait fait qu'étudier, dans l'ombre. À présent, elle était célébrée, enfin dans la lumière, et elle la trouvait de plus en plus rasante, peu flatteuse. L'affront du temps la sabotait au moment où elle commençait de naître et avait rencontré l'amour de sa vie. Elle était prise de vitesse, en quelque sorte.

Elle pensa : « C'est quand même une belle idiotie, les rides. »

Que vieillir soit une limite des humains qui, pouvant tant, ayant tant inventé de solutions en ce monde, ne pouvaient rien contre leur sort ; le constat mûrit dans sa tête. Elle y revenait chaque jour. Chaque nuit. Elle examinait sa peau, Elle examinait les sols qu'elle participait à sauver. À force, elle eut une intuition. « Si une herbe comme la mondorore sait abreuver les abricotiers, cette même herbe pourrait-elle fournir à la peau de quoi fructifier ? » Voilà, ce fut son idée. Une idée par déduction.

Des particules accélérées finirent par se révéler incroyablement efficaces. Le résultat obtenu par la mondorore dépassait toutes les espérances. La peau se repulpait et, même si cela n'avait aucun rapport réel de cause à effet, cette dernière prenait un ton abricoté. La communauté scientifique adhéra vite à cette découverte. C'était une révolution. Le Mondoror, né d'une mauvaise herbe qu'on trouvait en abondance, ne coûtait pas cher. C'est le moins que l'on puisse dire d'une potion magique vendue seulement quelques centimes. En plus des rides, le médicament de Josée Derrida délivrait les sociétés humaines d'un déséquilibre, il était un vrai outil démocratique. Pauvres et riches mis au même niveau, au même étage lisse de la peau. On en avait fini de ce sempiternel « pour que ce soit réussi, il faut que ce soit bien fait », c'est-à-dire hors de prix. Par ailleurs, Josée Derrida reversait tous les bénéfices, du moins ceux qui auraient dû lui revenir, à la fondation Mondoror. Elle n'avait rien changé à son quotidien. Elle menait à San Francisco une vie simple. Sur ce point, sa conscience était en paix.

Tout était pour le mieux dans le meilleur des mondes, comme on dit. Seulement voilà, elle avait fait treize heures d'avion pour rencontrer la dernière femme ridée sur Terre.

« Attendez, je vais vous montrer. »

D'un sac, elle sortit un téléphone grand comme un livre de poche.

« Il n'y a pas de réseau, lui dis-je.

– Ce sont des photos que j'ai sauvegardées pour vous. »

Elle m'exposa ce faux livre sans pages et sans odeur qu'elle feuilletait d'un doigt. En dépit de la réverbération que la femme essaya d'atténuer en protégeant l'écran de sa main, je vis défiler sous mes yeux un peuple infini de dauphins. Et, non, ce n'étaient pas là les bêtes de la mer que, parfois, j'apercevais au large. C'étaient des cétacés d'un autre genre : le genre humain. Des épidermes rebondis, satinés. Car chaque être, Josée Derrida me l'élucidait. Celui-ci, dirigeant d'un État. Celui-là, dictateur potelé que je ne sus pas reconnaître. Celle-ci, à la tête d'une armée meurtrière. Des vedettes de cinéma – dont on célébrait la prestigieuse carrière et qui avaient l'air de la commencer. Ces mères, à côté de leurs enfants, semblaient de la même génération. Et des volées d'inconnus. Par ces derniers je fus émue. Par leur universalité.

Mais ce qui me frappait le plus, ce n'était pas tant la jeunesse sauvegardée de ces gens que la manière dont elle cohabitait avec celle des enfants, des adolescents, des gamins de vingt ans. Elle était là, cette vraie jeunesse, en arrière-plan sur les photos. Et elle contenait tant de vérité. Ces visages, pas encore ceux d'adultes, étaient perdus dans un océan de tromperie. Le maudit médicament leur avait ôté toute spécificité, et, à nous, quelques repères. Une innocence désemparée vacillait sur leur front comme la flamme d'une bougie. C'était d'une tristesse infinie...

« C'est un monde, dis-je.

— Bien sûr, on vous prend par surprise. Cela n'aide pas. »

C'était à croire qu'elle ne le voyait pas, le désarroi des jeunes, pourtant sous son nez.

« Oh, la surprise... pas vraiment. Au moment où j'ai choisi de me retirer ici, beaucoup de gens ne se ressemblaient déjà plus. Je veux dire : pour ressembler à l'image qu'ils voulaient garder d'eux-mêmes, ils se fichaient des substances insolites dans le front, les joues, les lèvres, le sourire. Mais bon, je vous l'accorde, ce n'était pas généralisé.

— Maintenant, ça l'est.

— En est-on certain ?

— Tout est filmé sur cette Terre.

— Je n'ai pas été filmée, moi.

— Votre cas est particulier. Vous avez miraculeusement échappé au recensement. »

Je me tournai vers le pope :

« Et chez vous, mon père, on n'a pas eu de réfractaires ? Et chez les juifs, les musulmans ? Les bouddhistes, les taoïstes, les hindouistes, les animistes, que sais-je encore ? »

Il chercha ses mots dans le grand vocabulaire ecclésiastique.

« C'est que, pour mieux servir la spiritualité, et plus longtemps...

– Plus longtemps ?

– Vous voyez ce que je veux dire. »

Je ne le voyais que trop bien. Comme tant de gens, et malgré la foi qui l'animait, il pensait que vieillir, c'était la mort. Et la mort, en dépit de ce qu'il racontait à longueur de messe, n'était pas un royaume à coup sûr.

« N'étiez-vous pas supposé résister à la tentation, mon père ? »

Ne trouvant pas de réponse, il fit chemin de ses deux mains en les levant vers le ciel.

« Ah, la tentation ! »

Je me tournai vers la femme :

« Et que fait-on si, une fois la dose ingurgitée, on regrette ?

– Pour le moment, c'est irréversible. »

Quand il voulait marquer le coup, Arsénis installait une planche sur deux tables devant l'épicerie. Il jetait dessus la nappe blanche de sa mère, celle avec des citrons brodés, et disposait les chaises autour. C'est exactement ce qu'il avait fait ce soir-là. L'heure étant grave, il avait sorti le coussin du pope. Pas difficile à reconnaître : il était violet, ecclésiastique. Le pope s'assit dessus, visiblement exténué.

« Après toutes ces émotions », souffla-t-il comme si c'était à lui que l'on venait d'apprendre l'inimaginable.

Il se redressa pour se servir un raki. On n'arrivait jamais à savoir si c'était par passion de l'eucharistie, une déformation professionnelle, ou par goût du péché. Ensuite, désaltéré, il distribua les places à table. Bien sûr, c'était absurde, puisque chacun, sauf la femme, allait vers son coussin personnel.

La femme s'éloigna pour passer un coup de téléphone.

« Cela s'est plutôt bien passé », expliqua le pope à Apollonia et Tina.

Dim haussa les épaules.

« De toute manière, le mal est fait.

— Que veux-tu dire ? demanda Costa.

— Le mal est fait depuis longtemps.

— Dim, oserais-tu nous dire maintenant que, toi, tu n'étais pas d'accord ?

— Je vois grandir mes poulains, c'est ça qui m'apprend la jeunesse. Le reste, l'imitation de la jeunesse, je ne sais pas si c'est bien. »

Il avait haussé le ton. Tina supplia :

« Ne criez pas !

— Ah bon, tu ne sais pas ? poursuivit Costa, criant quand même. Toi qui t'es jeté sur ta dose ! Qui ne voulais même pas attendre de voir le résultat sur mon cou !

— Le mal, je ne dis pas que, moi, je ne l'ai pas fait. Je dis juste : le mal est fait. »

Nos bagarres n'en étaient jamais, en temps normal. Il était étrange, presque contre-nature, de découvrir ce soir chez mes amis un profond désaccord. S'étaient-ils aussi querellés au moment de décider s'il fallait me taire ou pas l'existence du Mondoror ? Rien que de me formuler le nom de ce médicament, j'avais envie de secouer la tête, comme quelqu'un qui refuse d'admettre quelque chose et n'en démord pas.

« Qui, au fond, a eu cette idée ? demandai-je à Costa.

— Laquelle ?

— Celle de ne pas m'empoisonner.

— Le mot est excessif... » dit Josée Derrida.

Elle revenait vers nous. On se sentit pris sur le fait.

« Oui, madame a raison, Admira. T'empoisonner ? Comme tu y vas ! » s'écria Costa.

Et il s'empourpra. Le connaissant si bien, je devinai pourquoi. Chaque fois qu'il pensait à sa sœur, son regard prenait des lueurs, comme ces plaies qui, en cicatrisant, ont une transition nacrée. Lui avait-il donné une dose de Mondoror, à elle aussi, pauvre mourante, tentant le tout pour le tout ? Oh, je voyais la chambre où dépérissait l'adorée, et je voyais Costa penché sur sa sœur, impuissant et désespéré. Je le voyais comptant les heures devant la pâleur de la personne qu'il aimait le plus au monde. Non seulement le Mondoror n'arrivait pas à la sauver, mais, même, quelque chose empirait contre quoi il ne pouvait rien. Et maintenant, une certitude : bien sûr qu'il lui en avait donné, en cachette. Elle était morte et il avait pensé qu'il l'avait peut-être tuée, avec une prescription inadaptée.

Dim, habitué à lire dans le cœur des chevaux et des ânes, flaira que mon cœur, à moi, pénétrait celui de Costa. Il avait eu beau, l'instant d'avant, être totalement remonté et prêt à en découdre, il fit baisser la tension par amour.

« Mon mois préféré, c'est mai », lança-t-il.

C'était la saison où ses ânes se reproduisaient le mieux. Il avait tant de plaisir à voir ces bêtes bouleversantes, butées mais candides, avenantes, trottiner au milieu des fleurs sauvages. Il s'accrochait des boutons-d'or au bonnet, pour que ce soit vraiment parfait.

Périméné nous observait. Il alla lui caresser le chanfrein.

« Quoi de plus beau qu'un vrai poulain ? »

La femme était assise à côté de moi. Sur sa chaise privée de coussin, elle semblait petite et moins déterminée.

Après le dîner, elle s'approcha si près que je me sentis pénétrée par son parfum. Il venait de mon ancienne vie. Elle me sondait de ses minuscules yeux pleins d'intelligence. J'étais un peu à découvert, car quelques jours auparavant, je m'étais attaquée à ma crinière, en coupant tout ce qui me tombait dans les yeux. Je ne pouvais plus me cacher.

« Pourquoi je suis venue ici... » commença-t-elle.

Ce n'était pas une question.

« Pourquoi suis-je venue ici, où mon passé me crucifie... » enchaînai-je.

Ça l'inquiéta.

« C'est une chanson française, fort belle. Je disais ça comme ça, pour le plaisir. »

Elle posa une main sur mon bras.

« Il faudrait m'accompagner à Athènes une petite semaine.

– En quel honneur ? »

Elle frémit.

« Vous êtes le dernier spécimen d'une humanité au vieillissement naturel. J'ai besoin de faire des examens.

— On ne peut pas les faire ici ?

— Non. Il me faut les machines adéquates. Pour faire une densitométrie, vous voyez ce que c'est ?

— Oui. C'est pour voir l'état du squelette. Un passage aux rayons X. J'ai déjà subi ça dans mon ancienne vie.

— Cet examen est important pour moi.

— Dites, vous n'iriez pas jusqu'à prétendre que je vous le dois ?

— Non. C'est moi qui vous le dois. Il y a un institut Mondoror, à Athènes. On aura le laboratoire pour nous, dans une complète discrétion. Je ne vous demande qu'une semaine de votre vie. »

Durant quelques secondes, je voulus tout envoyer promener, repartir comme j'étais venue, retourner vers mon kaolin, ou même aller plus loin, errer, fuir une nouvelle fois. Laisser les gens se faire un monde. Mais malgré la fraîcheur de la nuit, je perçus les doigts mystérieux et brûlants dans mon dos. Et cette chaleur m'obligeait, comme vous oblige un jour la générosité. C'était plus fort qu'un ordre auquel on veut opposer une résistance. C'était une révélation.

Je me revoyais toutes ces années, encore plus isolée qu'une molécule. Je me revoyais, les croyant tous quand ils disaient que, dans les journaux, il n'y avait plus rien d'intéressant, et qu'ils feraient le tri pour moi. Je me revoyais jugeant avec eux que c'était une bonne idée. Admettant que Mégalossi, j'en avais fait le tour aussi. Je me revoyais sur la route, toujours déserte. Je me revoyais fêtant avec eux, sous cet acacia, le fait que le gouvernement érige notre plateau en un parc régional, protégé, et dont l'accès serait réglementé. Je me revoyais vivant à leurs côtés. Avaient-ils réfléchi à ce qui se passerait s'ils mouraient avant moi, malgré leur fausse jeunesse ? Qu'arriverait-il s'ils s'en allaient tous, un à un, me laissant seule dans la crique, abandonnée comme ces chats dont le propriétaire meurt de vieillesse sans avoir pris aucune disposition à leur intention...

À tous autour de la table, je lançai :

« Les amis, pourquoi m'avoir caché tout ça ? »

Ils attendaient cette question, mais firent comme si elle n'avait pas été posée.

« Pourquoi ? » demandai-je encore.

Car, souvent, un seul mot est plus fort qu'une phrase.

Costa se redressa sur sa chaise.

« On ne voulait pas te perdre.

— Je vais t'avouer la vérité, dit Éléni. Au début, on avait peur de toi. Que tu nous traites d'imbéciles. De crétins fascinés par une poudre de perlimpinpin. On voulait juste attendre de voir si ça marchait, tu comprends ? Et après, c'est allé très vite. Du jour où elles ont disparu sur nous, les rides avaient disparu partout, tu comprends ? Un jour, au journal télévisé, ils ont montré cet homme, Abrar, en Laponie, et ils ont dit : "C'est le dernier." Il a pris le Mondoror en direct, on l'a vu se dérider jour après jour. Nous, on s'est mis à paniquer. Est-ce qu'il fallait aller te déclarer à la mairie de Mégalossi ? Des rides, tu en avais déjà, et tu en aurais d'autres. On était paralysés par l'indécision. Plus le temps passait, moins on osait dire la vérité, ni aux autres de Mégalossi qui ne savaient rien, ni à toi. Franchement, on ne savait pas quoi faire. On a demandé au pope si te cacher la vérité était un péché. Il nous a dit que oui, en effet, mais qu'il fallait se taire quand même. On l'a cru, nous.

– Merci de ne pas me mêler à vos mensonges, prévint le pope.

– On ne vous mêle pas, mon père, dit Costa. C'est la vérité : vous nous avez dit de nous taire. C'était particulièrement dur pour Apollonia, qui travaille à Mégalossi. Et dur pour le fils d'Arsénis. Pensez donc, cacher cela à sa femme et à ses filles. Vous nous avez ordonné le silence, même.

– Oh ça, vous taire, vous le faites quand ça vous arrange. Vous savez très bien quoi cacher, même sans mon aide. Et parfois, contre mon avis. Admira, demandez-leur pour le parc. »

Je dis, ne regardant personne :

« En fait, ce n'est pas vraiment un parc régional, ici, n'est-ce pas ?

– Non, Admira, répondit Éléni, ce n'en est pas un. »

Elle avait envie de pleurer.

« On ne voulait pas que tu t'étonnes de ne jamais rencontrer personne. »

Une vie de prisonnière passée à savourer ma liberté. Quelle dose insensée d'orgueil m'avait-il fallu pour ne rien voir, toutes ces années, pour me sentir avisée d'avoir su trouver un endroit hors d'atteinte... On croit maîtriser les choses, il n'en est rien. Cela me rappelait cet arbre en Cornouailles. Son tronc était facile à escalader et, enfant, j'adorais m'y cacher. J'avais assez d'agilité pour monter haut. Et je restais là, hissée, à regarder passer les adultes qui ne soupçonnaient rien. Et je me sentais géniale, de pouvoir disparaître ainsi aux yeux des humains. Mais, tout à coup, la tête de ma mère apparaissait, ses beaux yeux bleus limpides et doux : « Ma chérie, on passe à table. Et pense à te laver les mains. »

« Et la fête du parc, chaque année, devant l'épicerie ?

— La réalité est rarement ce que l'on croit. C'était pour que ce soit crédible, Admira.

— Mais, tout de même, puisque ce n'était pas réellement protégé... On aurait pu me découvrir à n'importe quel moment.

— Non.

— Et pourquoi ?

— Parce qu'on montait la garde. On avait tellement peur que quelqu'un te découvre et qu'on nous reproche de t'avoir cachée... »

J'aurais pu les assaillir de reproches et d'insultes. Mais on ne passe pas vingt ans à vivre seule dans une crique immaculée, à ne faire que lire et nager, sans comprendre quelque chose à l'inanité du ressentiment. Tout ce qui subsistait en moi, c'était un sens de la dérision, qui seul tenait lieu de riposte. Je passai la main sur mon front et dis, d'un ton léger :

« Eh bien, je vois qu'en réalité vous n'avez pas besoin de moi pour raconter des histoires... »

Aussi léger que fût mon ton, il creva le cœur de Costa.

« Admira, que veux-tu dire ? »

Il avait peur que, n'ayant plus aucun rôle à jouer auprès d'eux, moi, la conteuse du hameau, je m'en aille.

« Je veux dire que cette histoire-là, j'aurais été incapable de l'imaginer.

— Les tiennes sont beaucoup plus belles.

— Si on veut. Et puis, ajoutai-je, je ne dis pas que je l'aurais pris, ce fichu Mondoror, mais pourquoi ne pas me l'avoir proposé ? »

Il y eut un tel silence.

« Parce que tu étais merveilleuse », finit par dire Éléni.

Une larme roula sur sa joue. À voir cette émotion qu'elle essayait de contrôler, je perçus que cette décision de me laisser dans l'ignorance, même si elle s'était imposée à eux, n'avait pas dû être facile à prendre. Ils l'avaient sur la conscience.

« Et vous ? Vous tous ! Ne l'étiez-vous pas, merveilleux ? »

Ils devinaient que, même en ces circonstances, je continuais à les aimer.

« Peut-être qu'on a un côté merveilleux, dit Costa. Mais toi, en plus... tu fredonnes. »

Siméon baissa les yeux.

Dim choisit ce moment pour, de nouveau, s'insurger :

« Si tu dis la vérité, Costa, dis-la complètement. C'est toi, surtout, qui n'étais pas d'accord. Toi qui n'arrêtais pas de seriner : "On a besoin d'elle"...

— C'est vrai, avoua Costa en se tournant vers moi. J'aimais bien que tu sois vieille.

— Eh, je ne l'étais pas encore ! Je n'avais que huit cent soixante-cinq ans, il y a quinze ans. »

Le chiffre les déséquilibra, un peu comme les escaliers. Mais le sérieux de leur confession les crispait trop pour qu'ils puissent se détendre.

« On voulait que tu le deviennes, dit Costa.

— Vieille ?

— Oui. On voulait en avoir une. Et que ce soit toi.

— Vous vouliez avoir une vieille ?

— Je me suis mal exprimé. On voulait qu'il reste une trace, au moins. On est des êtres humains ! »

La femme poussa une exclamation. Elle savait depuis le début qu'on en arriverait là. Une trace. Oui, une trace, exactement ce qu'elle avait failli faire disparaître.

La gêne que j'avais identifiée dans ses yeux livra tout à coup son secret : c'était peut-être une belle idiotie, les rides, mais c'était le premier parchemin de l'humanité. C'est à cela qu'elle pensait. C'est pour ça qu'elle était là. Sans une trace, tout était perdu.

Le feu n'était pas venu en vain dans mon dos.

« Je veux bien faire ces examens », dis-je.

Elle agrippait le volant car, au moins jusqu'à Mégalossi, la nuit, on y voyait à peine. Et même après, elle dut suivre les pointillés d'une ligne fluorescente, à laquelle elle fut bien obligée de faire confiance. Les phares de la fourgonnette fusaient dans le rétroviseur. Il avait été décidé que Costa et Éléni nous suivraient avec l'estafette, quand bien même c'étaient eux qui connaissaient la route. Attachés autant que le pope aux préséances, ils n'avaient pas accepté de passer devant l'éminente scientifique.

Je n'empruntais plus cette route depuis des années, elle me faisait l'effet d'une complète nouveauté. Je me sentis étrangère aussi dans cette voiture, un habitacle concret et aseptisé, étrangère avec mes rides et la gracilité venue avec les années. Cette fragilité que je ne sentais jamais, même en plein hiver, un simple changement d'ambiance me la mettait en tête. Étrangère et assise à la place du mort ; les vieux sont presque des morts, franchement, ils sont tout au bord, chacun sait cela. Cela me donna un coup. Je restai comme ça un moment dans mes pensées. Avoir accepté de suivre la femme me parut une erreur grossière. M'avait-elle piégée ? Dans le même temps, je ne pouvais me défaire d'une sorte d'excitation : « Je reviens ! »

Siméon était assis à l'arrière, silencieux, peut-être dormait-il ? Si je tournais la tête, je voyais ses longues jambes étendues sur la banquette.

« Éléni et Costa sont vos grands amis grecs, n'est-ce pas ? commença la femme.

— Oui. Costa aime lire. Jeune, il était mécanicien sur des cargos. Beaucoup de Grecs ont fait ça. Soit on lisait entre les quarts, soit on ne lisait pas, on occupait son temps autrement. Cet "autrement", Costa pensait que c'était abaisser son âme. Quant à Éléni, elle a mon âge, en fait. Ça ne se voit pas, la faute à qui ? »

Elle n'osa rien répondre.

« Je ne m'étais jamais rendu compte qu'Éléni n'avait pas de plis, dis-je tout bas.

— C'est beau d'appeler ça des plis, Admira.

— Dans ma crique, j'ai un petit livre entièrement consacré au pli, d'un philosophe français, Gilles Deleuze... Ce nom évoque-t-il quelque chose pour vous ?

— Vaguement.

— Il explique très bien ce qu'est un concept. Quelque chose qui change notre perception du monde. Dans ce petit livre, il revisite l'art à partir du pli. Les rides sont des plis.

— Comment avez-vous pu passer vingt ans de votre vie dans un tel exil, avec des gens qui ne savent pas un dixième de ce que vous savez ?

— Ils savent, même si c'est par un autre biais que le mien. Tout le malheur de certaines civilisations a été de penser que leur maîtrise technique était une supériorité.

Alors que le progrès n'est qu'un des itinéraires possibles. Mais revenons au pli : sans plis de l'âme, pas d'âme. C'est par les rides que l'on comprend les choses, grâce à elles que l'âme peut descendre en rappel tous les échelons et les remonter. Aller profond et, pour finir, un jour, s'envoler.

– Étiez-vous une universitaire ?

– Vous voulez dire : une chercheuse, comme vous ?

– Oui.

– Ce n'était pas cela mon métier. »

Elle eut le tact de ne pas me demander de préciser lequel c'était.

« Nous en étions à Éléni. Avant, elle travaillait sur le site de Mégalossi. Son frère tient l'épicerie du hameau. Épicerie est un bien grand mot. C'est leur maison, surtout. C'est là qu'on s'approvisionne. Mais elle, ça ne l'a jamais nourrie. Je ne parle pas des produits.

– J'avais compris.

– Elle m'est précieuse. Quand je referme un livre, je l'ai, elle. Sa culture est une bénédiction. »

À ce mot, les mains de la femme se crispèrent sur le volant :

« Je suis désolée, j'ai troublé votre paix.

– Une paix, ça se trouble toujours. Sinon, c'est qu'on est mort.

– Quand j'étais en train de descendre dans cette crique, tout en surveillant chaque pas, parce que c'est tellement dangereux, les pentes, de temps en temps je levais les yeux des marches, et la beauté ahurissante du paysage me frappait. Je comprends pourquoi vous avez choisi cet endroit. Les curiosités géologiques, c'est toujours captivant. Connaîtriez-vous par hasard la formation de roches roses qu'on appelle The Wave, à la frontière de l'Utah et de l'Arizona ?

— J'en ai entendu parler.

— On dirait de gigantesques roses des sables. C'est du grès érodé et façonné par le vent. C'est entièrement plissé, comme une peau. Mon Dieu, tout le monde devrait voir ça, c'est sublime. Votre crique m'a fait cet effet-là.

— Et pas que la crique, peut-être... »

Elle y pensa. Même sans tourner le visage vers moi, je voyais qu'elle me contemplait.

« Ces examens, c'est pour quoi ?

— J'ai besoin d'analyser votre épiderme.

— Vous parliez de mon squelette.

— Aussi. »

Dans la nuit, les grands virages semblaient interminables, comme si l'on exécutait de constants demi-tours. La femme faisait mouliner sa conscience. Elle jeta un coup d'œil dans le rétroviseur. Siméon dormait. Alors, parlant pour le passé, le présent et, peut-être, l'avenir, elle avoua :

« Admira, je ne sais pas ce que j'ai fait... On m'a engloutie sous les honneurs, mais ça ne change rien. Les scrupules rétroactifs me réveillent la nuit. Que les rides donnent un sens à la vie, je l'ai compris trop tard. Et aussi que si l'on ne prend pas la pente de l'âge, la mort devient un précipice, et une angoisse insupportable surgit. Quand une pétition arrive sur mon bureau pour demander réparation, je m'effondre en sanglots. Je ne peux pas continuer ainsi, et je n'ose me confier à personne. Si j'avance des doutes sans apporter de solution, on me brûlera sur un bûcher. Depuis quelque temps, j'en suis venue à invoquer le seul dieu auquel je croie : celui des probabilités. Cela fait déjà plusieurs années que j'attends que l'on trouve quelqu'un comme vous. Et Siméon m'a contactée.

– De quelle manière ?

– Il a été clairvoyant. Il a pensé que le plus sage, ce n'était pas d'aller à la police, ni de se confier à des gens. Alors, il a fait ses recherches. Il s'est dit qu'une seule personne au monde pourrait savoir quoi faire de sa découverte. Et voilà ce qui explique ma présence. »

À l'arrière, une jambe bougea. Deux mains s'agrippèrent au siège. Le beau visage de Siméon fut là.

« Siméon, que faisiez-vous sur ce plateau ? » lui demandai-je.

Il se frotta les yeux.

« Je ne sais pas. Une chaleur dans le dos m'incitait à marcher. »

Nous fûmes soudain éclairés par quantité de lunes, c'étaient les lumières au-dessus du canal de Corinthe. En traversant le pont, j'aperçus le tranchant fou de la falaise. En bas, l'eau scintillait dans la nuit. « Tout change à partir de là », dit la femme.

C’est le grand jour qui se fait vieux

Bien que ce fût une maison contemporaine, au sol en béton ciré, on avait tenu à réutiliser les anciens volets. Leurs irrégularités tranchaient avec le reste du décor. Et je pensai au fait que les notes anciennes ajoutent toujours un certain cachet, sur l'épiderme aussi. Cela me fit sourire.

J'ouvris ces volets chauds : la chambre donnait sur une terrasse de plain-pied. Le port, au loin, c'était le Pirée et ses paquebots. Et c'était moi, là-bas, sur un quai, à vingt ans. Je découvrais la Grèce. Les jeunes hommes venus du monde entier, ceux aux crinières bouclées d'or, ceux aux mains dans les poches, le Babel de ces dos, de ces nuques, sur les grandes dalles, et puis après dans les coursives, assis ou couchés n'importe où. Bien avant que l'on parle de diversité, elle était au port du Pirée. En ce temps-là, je trouvais que les sacs à dos, on ne ferait jamais mieux. L'indépendance vous embellit, je l'avais appris ici. La liberté m'apparaissait le plus conséquent des trésors. De l'argent, s'il en fallait, c'était pour connaître ce port.

« Admira est réveillée ! »

Ce cri de joie de Josée Derrida ne m'était pas totalement destiné, il visait surtout les autres, qui surgirent de la maison.

La table du petit déjeuner, dressée sous une pergola.

« On n'attendait que vous », dit-elle.

Chaque mot que l'on prononce, chaque formule choisie pour sa banalité, exprime le cœur de toute chose. Le langage est plus fort que nous. Le savait-elle, qu'en disant cette phrase, elle résumait la situation ? Je m'en voulus de me sentir si importante. Josée Derrida me désigna une chaise, avec une cordialité qui me sembla forcée. Elle avait repris des distances depuis la nuit dernière, elle était peut-être stressée.

Comme j'allai d'emblée vers un siège qui permettait de contempler, là-bas, les bateaux entrant et sortant du port, elle m'arrêta :

« Ah non ! Vous, Admira, on vous laisse la vue, tout de même. »

Et la vue, ce n'était pas la mer, la vue, c'était à l'opposé, l'Acropole, doré, majestueux mais minuscule à cet instant. Une année, j'avais habité juste au pied de ce site, dans le quartier des ambassades. Je venais juste d'arriver en Grèce. C'était loin, tout ça.

« Mais que c'est beau ! dit Costa. À part que l'Acropole, ça, je le sais, il faut y aller tôt le matin, quand ça ouvre. Si tu veux, Admira, un jour, on y va... »

Il s'arrêta, comprenant soudain que les activités touristiques de la dernière femme ridée sur Terre n'étaient pas le propos.

On prit le petit déjeuner dans cette étrange ambiance.

« Il ne faudrait plus trop traîner », annonça Josée Derrida, en se frottant le nez.

Cela me rappela ce feuilleton télévisé de mon enfance, où une jeune et jolie sorcière commandait aux éléments en faisant presque le même geste.

Josée Derrida se leva, tous se levèrent, et ce fut là son tour de magie. Dès qu'elle l'eut fait, elle regarda à droite, à gauche, préoccupée.

« Vous et moi, Admira, nous allons nous rendre au laboratoire. Nous sommes dimanche, c'est vide. Nous serons tranquilles.

– C'est loin ?

– C'est juste là. »

Elle pointa un toit bien long, dans le prolongement de la terrasse.

« En plus, on n'a pas à descendre, il n'y a que trois marches. Et une rampe. »

La machine ressemblait à une monumentale, cyclopéenne, lampe de chevet. Elle glissa lentement au-dessus de mon corps étendu, avec son œil énorme et complètement ouvert. Elle s'immobilisa au-dessus de mon ventre, comme sincèrement intéressée, puis émit un bruit. L'examen était fini. Les rayons X avaient fini de me balayer.

« C'est dans la boîte », dit Josée Derrida.

Et, pour être tout à fait transparente et pédagogue :

« La machine évalue votre contenu minéral osseux par unité de surface m'expliqua-t-elle. Quand on vieillit, les os perdent en intensité et révèlent une transparence. »

Elle prit encore diverses mesures. Avec un mètre à l'ancienne. On aurait dit qu'elle allait me tailler un vêtement. Ensuite, elle annonça qu'elle allait faire des prélèvements.

« C'est indolore ? » demandai-je.

Cela aussi alla très vite. En retombant dans les plateaux en inox, les instruments résonnaient d'une façon funeste. On ne pouvait pas ouvrir les fenêtres. Le premier jour que je passais enfermée depuis des années. Et cela me parut dommage, de gâcher une belle journée, même pour la science. Qu'en avais-je à faire, de mon rôle dans la société humaine ? Ne l'avais-je pas déjà réglée, cette question, vingt ans auparavant ? Qu'est-ce que je faisais ici, alors que là-bas, dans la crique, l'eau turquoise m'appelait ?

Josée Derrida ôtait d'un sachet une aiguille, une seringue, et je n'eus plus confiance.

Je me sentis soudain très faible. « *Frail elderly* », cette expression désigne le moment où d'« âgé », on devient « âgé et frêle » à la fois. On se métamorphose en une personne vulnérable, apeurée, même si, par le passé, on avait la force d'un bœuf et des réflexes fabuleux. On ne peut plus se défendre.

« Dites-moi, Josée, vous n'auriez tout de même pas pour projet de me rajeunir moi aussi ? »

J'avais essayé de le dire pour plaisanter, avec légèreté... Mais, comme l'avait un jour résumé ce grand avocat, pour bien parler, il faut s'entendre être entendu. Et j'entendis clairement tinter toutes les réserves dans ma voix. Josée Derrida les entendit aussi.

« Jamais, voyons ! Le Mondoror ne s'injecte pas. Et il faut être volontaire. Je vais juste vous faire une prise de sang.

— Je ne suis pas à jeun.

— Ne vous souciez pas de ça. Vous craignez les piqûres ?

— Non, ce n'est pas cela que je crains. »

Sans plus chercher mon regard, elle s'assit sur un tabouret qui pivota trop. Son matériel lui échappa des doigts, on le regarda rouler sur le sol aseptisé.

« Je vais recommencer », grommela-t-elle, en attrapant un sachet neuf.

La seconde aiguille s'enfonça dans mon bras.

Rien ne fut injecté, au contraire, c'était mon sang à moi qui s'écoulait dans la seringue, le bienheureux qui pouvait s'échapper.

« Comment peut-on affirmer ça ?

– Quoi ?

– Que des gens n'ont pas été forcés de le prendre, votre médicament.

– Je ne crois pas...

– La docilité, vous savez, est parfois simulée. Regardez : moi, je suis ici. Un peu contrainte. »

Elle alla ramasser l'aiguille tombée, et la seringue, et jeta tout ce qu'elle avait à jeter. Quand elle revint, elle était au bord des larmes.

« Est-ce que je vous ai forcée ? »

Je posai ma main sur son bras :

« Le prélèvement que vous m'avez fait, c'est pour quoi, en vérité ? »

De longs cils barraient son regard, qu'elle gardait baissé.

On entendit des pas dans le couloir.

« Amott ? » tressaillit-elle.

Et Amott fut devant moi.

Sa jeunesse manifeste tranchait avec le flot de science contenu dans son regard. Il balaya mon apparence d'un radar aussi bleu que le ciel.

« Amott Bajos », dit-il, me tendant une main fine et résolue.

Le contact me causa de l'inconfort. Oh, lui, ce n'était pas un gosse, malgré le lustre de sa peau et ses allures de premier de la classe. Après qu'il eut retiré sa main, ce fut comme s'il avait posé quelque mouchard sur ma peau.

La femme s'essuya le front avec une compresse qui était là, avant de la jeter aussitôt.

« J'allais vous parler d'Amott Bajos...

— J'arrive trop tôt ? s'inquiéta l'homme.

— Non, on a perdu du temps. On bavardait.

— Je peux revenir plus tard, si ça t'arrange. »

On comprenait pourtant que cela, il n'en avait pas la moindre intention. De façon bien plus certaine, il allait rester là, ne se gênant pas pour observer la dernière femme ridée sur Terre. Je devinais son âge réel rien qu'à l'impudeur avec laquelle il m'estimait. Toute une époque. Ou alors, l'arrogance d'un grand médecin. Ou les deux.

« Admira, nous sommes dans le laboratoire qu'Amott dirige...

– Je ne suis plus un secret, c'est ça ? dis-je.

– Grands dieux, si ! rétorqua l'homme.

– Bien sûr que si, vous en êtes un, Admira. Et de première importance. À part ceux de votre hameau, si discrets, seuls Amott et moi sommes dans la confidence. Et Siméon, bien entendu, celui qui m'a alertée.

– Alertée ?

– "Alertée" n'est pas le bon mot. Contactée, je voulais dire. »

Un avion fissurait l'azur par-delà la fenêtre close. J'aurais voulu, comme lui, avoir des ailes.

« Me tendez-vous un piège ?

– Dites-nous d'abord qui vous êtes. Je vous devine sujet britannique, je me trompe ?

– L'accent, cela trahit toujours.

– Bien, et peut-on connaître votre nom ?

– Amott, laisse...

– Le nom des gens, on dirait que ça vous obsède.

– C'est important, tout de même.

– Peut-être parce que c'est tout ce qu'il vous reste pour savoir qui vous êtes.

– Que voulez-vous dire ? demanda-t-il en blêmissant.

– Que les rides, ce sont des empreintes. On peut même y lire l'avenir, comme dans les lignes de la main.

– Pour lire le passé et parfois l'avenir, nous avons l'ADN. Pardonnez ma franchise, madame, mais - sans vous vexer - votre avenir est principalement derrière vous, c'est pourquoi je m'intéresse surtout à votre passé. »

Je regardai encore le ciel :

« C'est nuageux.

— Pas du tout, dit-il. Il n'y a pas l'ombre d'un nuage. »

Et puis je le regardai lui, en souriant avec exagération :

« Sans blague ?

— Vous voulez vous payer ma tête ? s'énerva-t-il.

— Me la payer ? Je croyais qu'ici, on pouvait tout avoir presque gratuitement ?

— Vous avez de l'humour. Une vieille Anglaise excentrique... On finira par tout savoir de vous... »

Il faisait le mufle pour me désarçonner.

La femme supplia :

« Amott, doucement... »

Et, à moi :

« Votre nom est-il un secret, Admira ?

— Je trouve qu'un prénom, ça suffit. Personne n'a besoin d'en savoir davantage. Et vous, jeune homme, qui êtes-vous ? »

À ce « jeune homme », il se troubla. Bien sûr.

« Amott fait partie du comité Mondoror depuis le début, s'empressa de dire Josée Derrida. Et il dirige le Comité mondial d'anticipation. Si je ne vous ai pas parlé de lui, c'est pour ne pas vous effrayer.

— Devrais-je l'être ? »

Elle se tut. Ce silence contenait mon nom, mon âge impossible à deviner mais que les examens établiraient, et d'autres choses. Mais le sauraient-ils, que j'étais la fille de cet homme extraordinaire qui s'était un jour planté devant moi, enfant - « ce qui en toi est admirable... » -, pour me dire ces paroles qui avaient décidé de tant de choses ? Ces événements de ma vie, autrefois, je les avais rendus publics avant de les ensevelir, non pour les oublier, mais pour qu'on m'oublie.

« Qu'est-ce que nous allons faire de vous ? demanda l'homme.

— Amott... » dit la femme en se crispant.

Le fauteuil me parut inconfortable.

« Ne vous inquiétez pas, Josée : je peux répondre. Vous n'aurez rien à faire de moi. J'ai offert mon corps à la science. Elle s'est servie, ce matin. Et je vais retourner à mon or. »

Il fallut expliquer.

Que l'or, c'était le kaolin, comme à l'époque où le génie humain en fit de la porcelaine.

Que l'or, c'était le hameau, des coquelicots à l'infini, et un endroit microscopique qu'on appelait « épicerie », par vantardise.

Que l'or, c'étaient mes amis.

Que l'or, c'étaient les livres sur mes étagères, traduits de toutes les langues du monde.

Que l'or, c'était un mode de vie, choisi par moi, Admira.

« Admira, est-ce au moins votre vrai prénom ? demanda l'homme.

— Bien sûr que non. »

Je commençai à m'extirper du fauteuil.

« Où allez-vous ?

— Je m'en vais.

— C'est hors de question », prévint l'homme.

Josée Derrida vola à mon secours.

« Ces dernières heures ont été une somme d'émotions pour Admira. Elle veut sans doute se reposer dans sa chambre.

– Je vais rentrer chez moi.

– Chez vous, où ça ? dit l'homme.

– Là où je vis, pardi. Ailleurs qu'ici.

– Elle ne peut pas, régla l'homme en réussissant le prodige de me fixer sans s'adresser à moi.

– C'est vrai que c'est plus compliqué qu'il n'y paraît, me dit Josée Derrida.

– Qu'est-ce qui pourrait être plus compliqué que le bourbier dans lequel vous vous êtes fourrés ?

– De quoi parlez-vous ? s'étonna-t-il.

– Je parle, notamment, des effets secondaires nés de votre découverte.

– Ah ça, se félicita cet Amott Bajos, vous tombez mal. Des effets secondaires, justement, il n'y en a pas.

– Et le fait de ne plus supporter les pentes ? »

Il haussa les épaules.

« Les pentes, ça n'a rien à voir, c'est très dangereux. Tout le monde le sait.

– Ne serait-ce pas plutôt que vos os, eux, continuent de vieillir normalement ? On dirait bien que votre Mondoror n'a pas d'effet sur le squelette, je me trompe ? Votre jeunesse, monsieur, n'est qu'illusoire.

– Qu'est-ce qui vous fait dire ça ? »

Mais sa voix était mal assurée.

« Qui dans la vie a peur des pentes ? Les personnes âgées, bien sûr. Elles ne veulent plus rien descendre car, si elles chutent, elles courent le risque de se briser. »

Leurs épaules à tous deux s'affaissèrent, comme si j'avais tapoté le bon code sur un coffre-fort.

« C'est cela, n'est-ce pas, qui arrive à vos faux jeunes ? »

Un fil, après, il n'y a plus qu'à le tirer.

« Est-ce que, si je fouillais, je trouverais par-ci par-là des lazarets d'éclopés ?

— Bien sûr que non ! Il y a des hôpitaux, bien sûr, mais... Et puis, nous préconisons la médecine préventive. Des mesures toutes bêtes, comme marcher lentement et avec précaution. Et des traitements de fond pour vous consolider les os...

— Ça ne marche pas, Amott, objecta Josée Derrida. Il y a bel et bien un effet secondaire au Mondoror, reconnais-le. Admira a raison : les gens se brisent. C'est la bonne façon de le dire.

— Ne me regarde pas comme si c'était de mon fait ! » s'exclama-t-il.

Il la laissait seule avec son Mondoror. Il me faisait penser au pope, qui ne voulait rien assumer à part la grâce de Dieu.

Deux adversaires, parfois, s'unissent contre un troisième. Malgré leurs manières différentes et peut-être opposées, ces deux-là faisaient la paire. Josée Derrida se tourna vers moi :

« Pour toutes ces raisons, on ne peut plus vous laisser repartir. Votre existence doit rester secrète. »

Les raisons en question, elle se garda bien de me les rappeler. Il ne restait qu'un flou de mauvais augure.

« Mon existence est déjà secrète, dis-je. Elle n'a pas à le devenir.

– L'homme qui vous a trouvée a immédiatement parlé, objecta Amott Bajos. Certes, il a bien choisi sa confidente (et il la gratifia d'une sorte de caresse, là, devant moi). Mais il a parlé quand même. Pour se taire dans un cas pareil, il faudrait être un gouvernement, une ramification de silences, diluant le poids de cette responsabilité. Mais la chance que nous avons eue de tomber sur ce Siméon, nous ne l'aurons pas toujours. Un autre ira se confier à Dieu sait qui, et alors tout le monde saura.

– Quel danger y aurait-il à ce qu'on sache ? Quel danger à ce qu'on me voie ? »

Pris de court, l'homme balbutia :

« Eh bien… c'est évident… »

Aussi évident que ce soit, il n'arrivait pas à le dire.

« Nous avons peur que les gens voient la différence », dit Josée Derrida à la place de l'homme.

Cela me fit l'effet d'un uppercut.

« La différence ? Mais dites-moi : ce que le temps fait aux humains, vous n'imaginez tout de même pas qu'en quinze ans les gens l'ont oublié ? »

Elle hésitait à aller plus loin. Ses yeux dansaient mollement, comme lorsqu'une vérité n'est pas bonne à dire. Était-ce si affreux, comme j'étais ? Quand on vit seul, dans mon cas depuis si longtemps, on ne sait plus très bien l'effet qu'on fait. Le matin, je me levais, je faisais ma toilette, j'enfilais un de mes caftans, si mes cheveux étaient mouillés, ils séchaient là au soleil, en rebiquant. Et ce à quoi je ressemblais, ce n'était plus que sensations. Parfois, en allant me laver les mains à l'épicerie, je me voyais dans un miroir éclaté qu'Arsénis gardait posé sur une planche. Le miroir était si petit, si piqué, et peut-être sale… Les rides que pas un seul, au hameau, n'avait, je ne les voyais pas non plus sur moi. Ou si approximativement que cela ne comptait pas. Allais-je souffrir maintenant de ce qui ne m'avait jamais préoccupée, même si ça recouvrait mon visage ?

« Je me fiche qu'on voie la différence, dis-je d'une voix plus aiguë que je n'aurais voulu. Il n'est pas honteux de vieillir. C'est plutôt vous qui devriez avoir honte. Vous avez peur que ma vieillesse effraie les gens. J'ai bien compris. »

De grands bras poussèrent aussitôt sur le corps de Josée Derrida :

« Mais non ! Pas du tout ! C'est le contraire qu'on redoute. »

J'étais perdue.

« Admira, c'est le contraire, entendez-vous ? Et si les gens en venaient à... regretter ?

— Regretter quoi ?

— Je ne sais pas... la beauté ancienne de la vie. Quelque chose de vrai. C'est pour ça qu'on ne peut pas rendre votre existence publique sans avoir une solution à proposer. »

Des écailles me tombèrent des yeux.

« Mais alors, ces examens, c'est pour...

— Oui, dit-elle. C'est pour faire machine arrière. Les résultats vont beaucoup m'aider.

— Machine arrière, pas tout à fait, nuança l'homme. Il y a des pétitions de nostalgiques, mais ça reste abstrait.

— C'est loin d'être abstrait, Amott. Et ce ne sont pas forcément des nostalgiques. Il y a aussi ces jeunes qui disent qu'ils n'ont plus leur place, qu'on leur a volé celle qui leur revenait. Ils se sentent spoliés.

— La jeunesse est révoltée depuis la nuit des temps.

– Là, c'est différent. Ces jeunes, qu'est-ce qui pourra apaiser leur colère quand elle se déclenchera vraiment ? »

Elle se tourna vers moi :

« D'abord, on leur a menti sur l'écologie. Maintenant, ils se méfient, ils ont raison. C'est comme un feu qui couve. Il y a cet adolescent qui s'est tatoué un mot terrible sur la peau, au cutter.

– Tu prends l'exemple d'un fou déscolarisé, objecta Amott Bajos. Son mot était absurde.

– Quand on se tatoue "(r)age", Amott, c'est très violent mais ce n'est pas absurde.

– C'est un cas isolé. La chose principale à dire, c'est que cette victoire sur l'âge est un progrès. Regarde-toi, tu es si belle ! Et puis, on ne va pas commencer à être réactionnaires, à se plaindre que "c'était mieux avant" comme des crétins dépassés. Avant, quand on avait une verrue sur le front, on devait la garder. Tu aimais ça, toi ? Eh bien, la médecine a compris comment la retirer. Les oreilles décollées, tu aimais ça ? Les dents qui se chevauchent, tu aimais ça ? Heureusement qu'on a évolué. Les rides, c'est pareil. Ce progrès, tout le monde le voit. Les gens râlent, mais ils veulent leur dose. On vend des millions de doses chaque jour, tu es bien placée pour le savoir.

– Les gens prennent ce médicament pour être comme les autres. Tu sais bien la force des injonctions.

– Ou alors, ils préfèrent prendre du Mondoror plutôt que de se détériorer et de devenir pénibles à regarder. »

La femme le regardait. Les rides éliminées, ça avait été pour lui. C'était lui, l'homme enfin rencontré, lui, l'amour après des années d'insatisfaction, d'ennui et de solitude. Lui, ce calculateur.

« M. Bajos, Josée Derrida m'a dit reverser les sommes que lui rapporte son invention à une fondation. Mais vous, et tous les laboratoires qui commercialisent le Mondoror, vous y trouvez bien votre compte, si je ne me trompe ?

– La dose est à 50 centimes.

– Nous sommes nombreux sur cette Terre, cela ne vous laisse pas dans la misère. Si ça s'arrêtait demain, auriez-vous beaucoup à perdre ? »

Il me lança un regard si froid qu'en un instant je compris pourquoi, pour démêler ce nœud, il m'avait fallu recevoir dans le dos le feu du ciel.

L'affrontement fut tel qu'il finit par dire :

« De toute manière, tant que personne ne vous voit, la comparaison est impossible. Et elle doit le rester. »

Il ouvrit la main, elle contenait un petit sachet carré.

« Maintenant que les examens sont faits, si vous rajeunissiez, vous aussi... »

Josée fixait le sachet.

« On va y réfléchir encore. N'est-ce pas, Amott ? »

Il devait l'aimer, lui aussi. Car le sachet repartit dans sa poche.

J'étais sur mon lit et je réfléchissais.

Ils ne me laisseraient jamais rentrer chez moi. Ils auraient bien trop peur que d'autres Siméon ne me découvrent. Je pouvais dire adieu à ma crique. Les papillons voleraient désormais sans personne pour les observer. Je ne me réveillerais plus dans le lit au milieu de la pièce. Je ne tendrais plus la main pour attraper un livre de la pile. Je ne dormirais plus la nuit en étoile de mer, le vent venant de toute part. Je n'irais plus sur ma terrasse regarder l'état de la mer. Et je ne ferais plus de brasses dans l'eau turquoise. On oublierait l'existence du ponton écroulé. Plus personne ne s'amuserait à le prendre pour une épave du *Titanic*. Le hameau organiserait des fêtes, sans moi, sans avoir à me mentir. Peut-être qu'une autre femme apparaîtrait, plus jeune, et que Dim, Arsénis, Tina, Apollonia, Éléni, Costa, le pope, Harry, s'extasieraient sur leur chance. Bien sûr, ils diraient avec nostalgie : « Ah, Admira, c'est fou comme on l'a aimée ! » Mais ce serait le bord de l'oubli. Et pendant tout ce temps, moi, je serais cachée autre part, détenue par ces fous. Ou alors, pire, ils me rajeuniraient sans mon consentement, ils le feraient finalement et me laisseraient à la rue. J'aurais beau dire partout « J'étais ridée il y a quelques mois. J'étais la dernière femme ridée sur Terre, et regardez ce qu'ils m'ont fait ! », personne ne me croirait. On me prendrait pour une folle. Et bientôt j'en deviendrais une, à force de chagrin et d'incompréhension.

« Admira, tu dors ? »

Il était torse nu, ainsi qu'il vivait sans cesse, y compris l'hiver. Sa chemise flottait au vent, accrochée à ses doigts. Costa avait toujours chaud, cela venait de sa bonté, d'une façon d'être présent. Ouvert tout le temps. Même l'odeur de sa pommade à la lavande m'était familière.

« Je voudrais revoir le poulain, Costa.

– On va le revoir.

– Je ne sais pas... Que font les autres ?

– Ils dorment. Et moi aussi, j'ai fait une sieste. Et tu sais quoi ? J'ai rêvé de Siméon. Il est si beau, ce garçon. Dans mon rêve, sa beauté me faisait souffrir... »

Je ne pus m'empêcher de rire.

« Toi aussi, tu es beau, Costa. Tu ressembles à Jules Dassin. »

Le cinéaste grec était un dieu dans son pays, au même titre que ceux de l'Olympe. À sa mort, la synagogue débordait de gens, assis par terre, dehors, la tête entre les mains.

« Tu me prends par les sentiments, Admira.

– Comment, sinon, prendre les gens ? »

Il abaissa ses épaules, il fondait :

« Je t'aime aussi pour de telles phrases. Et tu n'es pas conteuse pour rien. Mais Jules Dassin, ce qu'il avait, c'était du charme. Alors que Siméon, tu as vu ses traits parfaits ? Et puis surtout, il est jeune.

— Tu es jeune aussi, toi.

— Oui mais moi... c'est différent. Lui, Siméon, si ça se trouve, il est vraiment jeune.

— Redis-moi ton âge, exactement, Costa ?

— Tu m'ennuies. »

Sa ronde épaule caramel s'affaissa encore un peu plus. Une tristesse se diffusait. Il ne se trouvait pas si jeune, malgré le Mondoror. Il avait fait tout ça pour rien. Jeune pour de faux. Jeune parce que, dans un laboratoire, quelqu'un avait eu la naïveté de croire en la jeunesse absolue, bien avant de toucher sa naïveté à lui, Costa.

Je pensai : « Ce n'est pas juste. » Et je pensai à mes grands-mères que le samedi, le dimanche – chacune avait son jour –, on allait voir. Celle qui, du dos de sa main toute ridée, me caressait la joue, me retirant ainsi les chagrins de mon adolescence. Et cette autre qui oubliait tout.

« Dis-moi, Costa : le Mondoror, ça préserve aussi la mémoire ?

— Non. C'est un problème. Plein de gens perdent la tête.

— La tête qu'ils ont déridée. Mais quelle tragédie...

— Tu devrais en parler à Arsénis. Lui aussi, il trouve ça terrifiant, parce qu'il n'arrive plus à faire les additions. »

Voilà, ce fut la goutte d'eau.

On sait bien qu'une seule suffit à irriguer l'intelligence, si on est prêt. Je me dressai, debout devant le lit, et j'ordonnai :

« Sortons ! »

Et, la première, je quittai la chambre.

Le soleil sur la terrasse laissa Costa tant ébloui qu'il ne remarqua pas tout de suite que j'allais vers le portail.

« Allons, Costa, dépêchons-nous ! »

Quand il vit que j'en étais presque à toucher ledit portail, déjà sortie du périmètre que, sans même avoir besoin de me le préciser, on avait défini pour moi, il s'affola.

« Où sont les autres ? » demanda-t-il en regardant de tous côtés.

« On sort, lui dis-je. On se tire de là. »

Il me rejoignit.

« Admira, c'est impossible.

— Ah oui ? Pourquoi ? Viens, on s'en va.

— Non, j'ai donné ma parole. »

Le portail avait un digicode.

« C'est quoi, le code ? »

Il devait être près de quatre heures de l'après-midi, Le soleil tapait sur le clavier. Je le touchai, il était brûlant.

« Donne-moi ce code, Costa.

— Je ne peux pas.

— "Je ne peux pas", c'est quelque chose que je ne veux plus entendre. »

Il hésitait entre crier pour donner l'alarme ou bien consentir à mon désir, et nous ne serions alors plus que tous les deux, ce qu'il aimait par-dessus tout.

Il s'approcha.

« Admira, on ne peut pas sortir. Ils ont confiance en moi.

— Ce sont des gens que tu ne connais pas : une femme dont hier encore on ne savait rien et un psychopathe.

— Je ne parle pas de ceux-là.

— De qui, alors ?

— D'Arsénis et des autres. Que vont-ils penser de moi ? Que je ne sais plus te garder dès que ça devient difficile ? »

De tous, j'étais la captive.

« Donne-moi ce code. Tu me dois ça. »

Un coin résidentiel sur les contreforts du Pirée, voilà où l'on m'avait cachée. Costa aurait voulu monter la colline, moitié par frousse de la descente, moitié parce que là-bas, plus haut, la route devenait un chemin, et qu'on n'y rencontrerait personne. Il n'y avait là que des maisons de vacances. En mai, elles étaient toutes fermées.

Je descendis. Costa me suivit, perturbé.

« Admira, on ne devrait pas. Cette femme, as-tu bien saisi qui elle est ? On te l'a expliqué, bon sang ! Même nous, on connaît son nom. Même nous sept dans notre hameau, on sait qui c'est. Comment comptes-tu lutter face à une telle célébrité ? Tu le vois, l'endroit perdu où on vit ? Tu le vois, notre hameau microscopique, au milieu du vaste monde ? Qu'est-ce qu'elle serait venue faire chez nous dans ce cul-de-sac si la question n'était pas de la plus haute importance ? Et puis, tu l'as vu, l'autre, son collègue ? Je n'aime pas sa tête d'aigle. Il a dit : "Personne ne doit voir Admira." Il me fait peur. On ne peut pas sortir comme ça, tu vois bien que ça nous dépasse. »

Il continua ainsi à marmonner.

La pente s'accentuait. Costa commença à tanguer.

« Et en plus, ça penche », s'alarma-t-il.

Je le revoyais sur les marches, dans ma crique, toujours tellement bavard et lent à progresser, s'arrêtant à chaque marche avec quelque chose à dire que je n'entendais pas. En réalité, il faisait diversion. Tous faisaient diversion. Éléni n'était jamais tombée d'un cerisier...

« Costa, offre-moi ton bras...

— Je préférerais m'accrocher à toi.

— Costa, allez ! »

Après une hésitation, il dirigea vers moi l'arceau de son coude et je glissai ma main à travers.

« Costa, de quoi as-tu peur, exactement ?

— Dans les pentes, il y a des gens qui meurent. On peut se casser le col du fémur. Il y a des campagnes de prévention pour nous mettre en garde contre ça.

— Il y a quinze ans, tu avais dans les quarante-cinq ans, non ? Ce qui fait que tu n'as que soixante ans, aujourd'hui. Même si tu glissais, il est fort probable que tu ne te casserais rien.

— Je sais, mais j'ai peur quand même. »

La rue, même si elle serpentait vers la mer, n'était pas fréquentée. Costa se remit à respirer. Ses épaules se redressèrent. Il marchait de nouveau droit et ouvert. Que quelque pouvoir magique fasse que cette partie de ville reste déserte, et que l'on nous fiche la paix le temps que je revienne à la raison, et que l'on retourne d'où nous venions avant que notre absence ait été remarquée ; c'est à ça qu'il rêvait. Or, bientôt, nous croisâmes une artère semblable à Costa : droite et ouverte.

« On va prendre là, dis-je.
– Bien sûr que non. Il faut faire l'inverse.
– Qu'est-ce que c'est, l'inverse, Costa ?
– C'est aller là où l'on ne risque rien.
– Je sais bien. »
Et je l'entraînai dans l'artère.

C'était une de ces rues modernes jalonnées d'arcades supposées rappeler la Grèce antique et vous protéger du soleil, l'été. On commençait à voir des boutiques, des échoppes d'artisans, des merceries. Penché sur une machine à coudre, un homme fabriquait un sac dans une toile de transat. Les sacs terminés étaient suspendus au-dessus de sa tête, comme des lampions. Il ne fit pas attention à nous. Quand un passant apparaissait, ça faisait sursauter Costa, il ralentissait. Je tirais sur son bras.

« On va se faire remarquer, Admira. »

Je portais une grande liquette bleu ciel qui me battait les pieds, et des tongs. Costa, lui, c'était Costa. Le chic de sa simplicité, le chic de son pantalon gris, le bas d'un costume acquis pour le mariage de sa sœur. Et la chemise bleue aux manches retroussées, qu'il avait enfilée à la hâte en sortant de la maison.

Non loin de nous, une jeune fille, ravissante, portant un carton d'où dépassaient des pots de fleurs. Un étalage où l'on vendait des tuniques sans col immaculées. Une buvette d'où montait un chant de Theodorakis. Le cœur de Costa entendait-il l'appel auquel je répondais ?

« Admira, rebroussons chemin. »

J'accélérai le pas.

L'artère débouchait près du port grouillant de vie.

« À la maison, ils ont dû s'apercevoir de notre absence », dit Costa.

Sur notre droite, il y avait un marché populeux. Je me dirigeai vers la foule.

« Dis-moi, Costa. Ces quinze années où vous m'avez laissée dans l'ignorance...

— Est-ce que c'est vraiment le moment ?

— Comment t'y prenais-tu donc pour m'empêcher de vous échapper, au quotidien ?

— Oh, Admira... tu ne veux pas qu'on en parle un autre jour ?

— Non. Maintenant. »

Peut-être pensa-t-il que converser nous rendrait plus discrets.

« Je me débrouillais pour que la route soit barrée.

— La route du plateau ?

— On avait mis une barrière, et on faisait croire qu'elle était en maintenance et qu'on ne pouvait momentanément plus l'ouvrir. On avait fixé une pancarte dessus qui expliquait ça. Les gens repartaient.

— Et vous, comment faisiez-vous pour passer ?

— La barrière marchait très bien, en réalité.

— Et les randonneurs ?

— Ah, eux... Si j'en interceptais, je leur faisais peur. »

Quinze années de ma vie.

« Qu'y aurait-il encore que vous m'auriez caché ? »

Lui aussi les revisitait, ces années.

« Eh bien, dit-il, il y a le raki.

— Quoi, le raki ?

— Celui qu'on te donne, c'est juste de l'anis.

— Impossible. Ça me fait flotter.

— Non. Tu sais flotter naturellement, c'est tout. Et aussi, la marjolaine n'est pas une drogue, ça n'a aucun effet.

— Vous vous êtes bien payé ma tête. »

Et que faire, à présent ? Monter sur ses grands chevaux comme ces hordes d'offusqués dont, jadis je ne supportais pas les plaintes ? Si cet homme avait été mon gardien, il avait aussi été mon ange. Un ange dont la douceur s'exerçait jusque sur les méduses : il les prenait par le chapeau - c'est comme ça qu'il disait - et il leur parlait. Par son calme, il enrayait tout le mal qu'on aurait pu faire à un être humain, à un animal, et même à un objet. S'il avait choisi de ne pas vieillir, ce fou, il avait également choisi de me protéger, moi.

Le profil de Costa se détacha sur le mur blanc qu'on longeait.

« Tu m'en veux ? demanda-t-il.

— Je ne t'ai pas vu rajeunir, Costa. C'est quand même fou.

— Moi, je ne t'ai pas vue vieillir.

— Jusqu'à maintenant.

— Non. Même maintenant », dit-il.

Il me donna un de ces coups d'épaule qui le rendaient irremplaçable.

« Il y a une femme qui t'a repérée », frémit-il.

Son coude, en se contractant, écrasa mes doigts.

Eh oui, il y avait quelqu'une, immobilisée, perplexe, une paire d'espadrilles à la main devant le magasin qui les vendait. Elle me fixait.

« Ne la regarde pas, toi... » me souffla Costa.

Je la regardai bien, au contraire. Elle ne défaillit pas. Ce n'était pas Siméon, seul sur une route déserte, perdu et assoiffé. Elle habitait probablement ici, elle avait son cabas au bras. Je sentis que pour cette femme, tomber sur moi, là, dans ce marché, tout en l'étant, n'avait rien d'inconcevable. Bien entendu, par le passé, elle avait croisé maintes fois dans ce même, exact endroit, des femmes comme moi. Sa mère, peut-être. Sa grand-mère. Les amies des parents. Des connaissances du quartier. Des inconnues, des touristes. Mais aussi, je remarquai comme l'intelligence d'un être le talonne et, bientôt, le devance. Cette habitante du Pirée considéra l'ordre des choses. Le sol et l'extrémité de la rue, l'inscription sur la devanture de la boutique, les espadrilles dans sa main et même ses propres vêtements, elle inspecta tout cela avant de porter de nouveau ses yeux sur moi : j'étais toujours là.

Costa, qui, quelques secondes auparavant, espérait encore m'empêcher d'attirer l'attention, marmonna :

« C'est fou... »

Du menton, il désigna quelques autres qui, depuis, s'étaient arrêtés, à leur tour, et nous fixaient. À présent plus nombreux, ils pouvaient aisément se convaincre qu'ils n'avaient pas une hallucination. Rien d'hostile. Leur regard était désarmé et, face à cela, nous non plus nous n'étions pas armés, nous ne l'avions jamais été. Eux, nous, l'innocence des êtres humains. Toute l'histoire de la non-violence s'illustrait ici dans cette empathie. Ces gens transcendaient leur stupeur, ils avaient tant envie d'aimer.

« Le monde », murmurai-je.

Les plus près de moi m'entendirent.

« Elle a parlé. »

Je vais leur sourire, décidai-je.

Mais je leur souriais déjà.

On y était : ils la voyaient, la différence qui faisait trembler d'appréhension Josée Derrida et l'homme né pour anticiper. Et ils voyaient, ensemble. Oui, ils voyaient, presque en transparence, ce que certains d'eux étaient, auraient pu être.

Souvent, celui qui est différent n'est pas aisément accepté. Là, ce n'était pas ça. Je n'étais absolument pas différente, j'étais eux. Un enfant qui ne devait pas avoir plus de huit ans me contemplait, émerveillé. L'image qu'on lui avait volée, celle d'une personne âgée, lui était restituée. Petit enfant qui avait les mêmes yeux que le poulain, noirs, attentifs.

Progressivement, les téléphones se hissèrent, ceux derrière devaient lever le bras très haut pour filmer.

Je pus entendre une personne demander « Qui est-ce ? », si près que cela revenait à me le demander à moi.

« Mon nom est Admira », dis-je.

Costa ne savait plus que faire.

Un brouhaha de curiosité :

« Elle a dit quoi ?

– Elle a dit : "C'est admirable." »

Bientôt, tout le monde put voir un groupe de quatre personnes écarter la foule pour passer, se diriger vers la femme ridée et l'emmener, les images courant dans chaque téléphone, parcourant à la seconde les océans couverts de méduses, les montagnes où fondait la neige, les sols craquelés, les villes assiégées, les vrais paradis, les faux paradis où poussaient des palmiers, les cités-dortoirs, les cités de débauche, les villages privés de tout sauf de communication. La femme ridée fut invitée à entrer dans une voiture. Elle souriait encore. Il y avait un homme au volant. Les quatre autres, que l'on voudrait appeler « complices » – mais de quel crime s'agissait-il ? –, s'engouffrèrent dans le véhicule. Ce dernier parut extensible, on ne s'étonnait plus de rien. Bien que ce fût en pleine ville, cette femme et ces gens disparurent dans la nature. Mais le bien était fait : miracle des téléphones, la dernière femme ridée sur Terre gagnait tous les continents.

Pourquoi pourquoi ces simagrées

À vive allure, nous avions remonté l'artère, tourné vers la colline et, sans qu'aucun de nous n'ait proféré une parole, regardé le portail s'ouvrir. Auxiliaire zélé, ce portail se referma sur la voiture dans un grondement péremptoire. Il prenait sa revanche après que Costa et moi l'avions ouvert sans l'accord de son maître. Lequel maître, Amott, une fois claquée sa portière, marcha jusqu'à la pergola, nous tous à sa suite. Brusquement, il se retourna et nous fit face. C'est donc là, près de l'innocente table du petit déjeuner, que l'on s'affronta. Costa resta à mes côtés, épaule contre épaule. Il hésitait à me prendre la main. Il se garda cette possibilité pour si le ton montait. Je pouvais sembler vulnérable, pieds nus dans mes tongs, la chevelure éparpillée. Mais Amott Bajos avait compris qu'il ne fallait pas trop se fier à cette apparente faiblesse.

D'ailleurs, il commença sans manières :

« Comprenez-vous dans quelle redoutable situation vous placez Josée Derrida ? »

Il est vrai que, juste à côté de lui, Josée Derrida était livide. Toutes les pages de toutes les pétitions défilaient dans sa tête. Dans peu de temps, elle allait devoir répondre de son imprévoyance, à tout le moins. Elle me regardait sans animosité : on délivre parfois les gens en les plaçant devant une difficulté qu'ils s'épuisaient à éviter. Ce n'est pourtant pas vraiment au sort de la scientifique qu'Amott Bajos pensait, il restait obstinément focalisé sur moi qui lui donnais du fil à retordre.

« Vous échapper ? Comme une petite fille ? »

Je n'avais jamais entendu dire que les petites filles s'échappent, à part des griffes des ogres quand elles le peuvent. Je le pris pour un compliment. Il me tint comme ça la dragée haute, envoyant de secs coups de menton dans ma direction, lesquels pourtant ramollirent tant et si bien qu'il renonça à faire le coq et se contenta de sonder le problème que je représentais pour lui.

Comme pour poursuivre le cheminement de sa pensée, je dis :

« Il va falloir prendre soin de moi, maintenant. »

À son corps défendant, il dut admettre, même si c'était sans une parole, que nous pensions la même chose : tous les sachets de Mondoror du monde pouvaient rester dans sa poche. Sa force n'en était pas une, sur aucun point. Plus certain encore : il se ferait déchiqueter s'il m'arrivait le moindre mal. Mon pauvre geôlier n'avait plus qu'une seule solution : faire mon renom. Passée de fardeau à joyau, je retirai mes tongs.

Aux actualités, ce fut immense. Ce mot d'« actualités », Josée Derrida allait d'ailleurs bientôt m'apprendre qu'il n'existait plus. Lui aussi jugé impossible, passé de la vie au trépas comme les rides, plus personne n'en voulait. « Les infos », on ne disait plus ça non plus. Maintenant, on disait « les faits », lesquels se projetaient sur un mur du salon, sans doute laissé vide à cet effet. Et les faits, c'était que je venais d'apparaître, tel un miracle, sur le port, un homme à mes côtés. Que j'avais un air bien tranquille, une figure agréable, disons d'un âge... vénérable. Que je souriais, toute ridée, en plein milieu du marché, dans une longue tunique, avec des plis, presque antique. Je souriais, et certains disaient : « Elle est belle. »

La nuit venait de tomber. Le téléphone d'Amott sonnait sans discontinuer. Repérés, lui et Josée. Car dans les faits qu'un écran déployait donc sur le mur blanc du salon, c'étaient eux qu'on voyait à mes côtés. Eux, ouvrant une portière, l'air contrarié et suspect, le regard perdu. Eux, frappés par la signification de ces téléphones brandis et rentrant la tête dans leur cou, sur le port du Pirée, comme si l'on pouvait échapper à son destin. L'urgence de la situation leur avait fait prendre des risques. Et voilà.

À un certain point, Amott se précipita dehors pour répondre à un appel. Il éteignit l'éclairage de la terrasse. Dans l'obscurité, s'exprimant à voix basse, il couvrait sa bouche avec la main pour déjouer notre curiosité.

« Il parle avec le président, dit Josée.

– De la République ? » s'affola Éléni.

Pauvre Éléni, plongée dans des sphères inconnues.

« Oui. »

Ses paupières se fermèrent. Quand elle travaillait sur le site de Mégalossi, elle respectait la hiérarchie comme si elle émanait des pierres séculaires de l'endroit. Cela ne m'étonna pas qu'elle demande :

« Pourquoi est-ce cet homme, et non vous, qui a cet honneur ?

– Moi, mon domaine, c'est la science, et la science seule. Là, il s'agit aussi de politique... répondit Josée Derrida. Et puis, n'oubliez pas que nous sommes chez lui. Ce n'est qu'une question d'heures avant que déferle ici tout ce que la ville compte de journalistes. »

Elle me fit une sorte de sourire, malgré sa peau trop tendue qui empêchait beaucoup d'expressions d'éclore. C'était un sourire courageux : si l'opinion publique se retournait, ce serait contre cette femme, l'Inventeresse. Une sorcière de notre temps.

« Josée, qui a trouvé ce nom, le Mondoror ?

– C'est Amott. Il disait que ça s'imposait.

– Vous l'auriez appelé comment, vous ?

— Pour moi, ça n'avait pas de nom. »

Eh oui, l'innommable.

« Mais tout de même, vous utilisiez bien un nom de code ?

— Oui : "L'Essai".

— Un essai, ça se rectifie. »

Ses yeux s'embuèrent.

Que j'attrape Costa par le col, qu'on descende le Pirée jusqu'à l'artère, en bas, et qu'on aille tout au bout, de l'artère et de mon projet, Josée Derrida ne l'avait pas espéré. Toutefois, au fond, elle attendait ça. Que je vienne rectifier.

On n'attendait plus que vous.

Pendant ce temps, les faits se déversaient en un flot ininterrompu sur le mur blanc. La Grecque qui fut le premier témoin de mon apparition au marché passait en boucle : « Une femme complètement ridée, disait-elle. Elle était si jolie ! Avec un regard bleu très pur. » Et, sur ce mur, projetée désormais dans les fameux faits, je me voyais pour la première fois depuis des années. Avec le recul que ces faits m'imposaient – même sur moi, leur puissance opérait –, je découvrais qui j'étais : une vieille femme. Ce n'est pas tant ce que le temps fait, c'est ce qu'il défait. En esprit, je passai en revue toutes les luttes de Josée, ce contre quoi elle s'était dressée, ce qu'elle avait vaincu. On entend souvent dire que ce n'est pas beau de vieillir. Ce n'est pas faux. Ce qu'il y a, c'est qu'à la place d'être beau, c'est sublime. Mais le sublime, parfois, on n'en voit pas l'utilité.

Soudain, j'eus honte. Pas d'avoir fichu la pagaille, mais juste d'être vieille. *C'est comme une honte qui croît*, avait écrit Louis Aragon dans ce poème qui, un jour lointain, m'avait fait garer ma voiture sur le côté, à Londres. Ainsi, seule, à l'arrêt pour quelques instants, j'avais écouté ces beaux vers à la radio. *Rien n'est précaire comme vivre / Rien comme être n'est passager / C'est un peu fondre pour le givre / Et pour le vent être léger / J'arrive où je suis étranger.* La mélancolie de ces mots décrivant le grand âge, leur lucidité... Je les compris, tous ces gens, d'être tombés dans le piège. Leur peau qui semblait du liège, du polystyrène expansé... Durant quelques secondes, tout refaire me parut mieux que mon lent naufrage. Devrais-je encore me montrer ? Qui a raison, qui a tort ? Chacun tricote le fil du temps comme il le peut. Certains se détendent, d'autres se font repriser. C'est raté, et l'on pense avec naïveté qu'ils ne s'en rendent pas compte. Qu'ils ne se voient pas comme ils sont. Mais sans doute, ce n'est pas ça. Pour eux, l'important est de ne jamais subir la vieillesse qu'on connaît, qu'ils ont là partout sous les yeux, et qui les terrorise. Alors ils inventent autre chose, une autre façon de vieillir... *J'arrive où je suis étranger.* Au moins, les voici sortis de la pente dont on ne connaît que trop bien l'issue.

Mais la pente, qu'on la prenne par les côtés ou qu'on s'y laisse glisser, mène toujours au même plat, à la fin.

J'aimais, enfant, un conte des *Mille et une nuits*. Celui d'un homme qui croisait la mort à Téhéran. Elle le saluait et il la fuyait. Durant toute une semaine, il cavalait, allant le plus vite possible, forçant sa monture, changeant même de cheval. Et quand enfin il arrivait bien loin de chez lui, à Ispahan, quand il osait se reposer, la mort apparaissait : « Ah, tu es là ! L'autre jour, quand j'ai vu que tu étais encore à Téhéran, je me suis dit : "Il ne sera jamais au rendez-vous à Ispahan dans une semaine..." Mais tu es là. »

Tout le monde se débat. Même moi, en fuyant vers un écrin de kaolin, je m'étais débattue. Et un jour, ce serait mon tour de mourir. Je partis dans ma chambre.

Il faisait nuit. Là-bas, tout là-bas dans ma crique, ce moment, c'était l'heure à laquelle se taisaient les grillons.

On frappa à ma porte. C'était Siméon.

« Je vous dérange ?

— Ce n'est pas moi, mais le monde qui est dérangé.

— Vous avez pleuré, Admira ?

— Seriez-vous tenté par un brin de marjolaine ?

— Vous savez que c'est sans effet. C'est ce que l'on donne aux gens qui veulent arrêter de fumer. C'est juste une herbe.

— J'ai appris ça. La mondorore aussi, c'est une herbe inoffensive, et vous avez vu les effets... »

Ça l'embarrassa.

« Pourquoi détournez-vous les yeux ? Le Mondoror, ça a bien marché, sur vous ? Quel âge avez-vous ?

— J'ai... J'ai...

— Vous avez honte, vous aussi ?

— Ah bon, les autres ont honte ? Ils vous l'ont dit ?

— Non, je ne parle pas de la honte d'avoir avalé ce satané produit. Je pense à celle de vieillir...

— C'est inespéré, de vieillir.

— Si on veut...

— Vous êtes notre modèle à tous, maintenant.

— Parlons d'autre chose. Je suis certaine que vous êtes un bon pianiste. Avez-vous commencé enfant ?

— À six ans.

— C'est dur à lire une portée, à six ans.

— C'est dur tout le temps. »

Les cils recourbés de Siméon. Tant de poésie passait ici dans le creux d'une vague. Et les reflets de cette chevelure noire, une obsidienne.

« Une question bête : le Mondoror agit-il sur les cheveux ?

— Non, ils blanchissent.

— Alors, comment faites-vous ?

— On les teint, s'il le faut. »

Malheureux à qui il restait une preuve extérieure à dissimuler.

« Comment ça va, dans le salon ?

— Ils se tiennent informés. C'est un tel séisme... Vous savez, je n'arrête pas d'y penser... Je n'aurais peut-être pas dû aller trouver cette femme.

— Vous ne pouviez pas agir autrement.

— C'est vrai. J'aurais forcément parlé à quelqu'un, à un amoureux, à ma sœur. Alors autant aller tout raconter à la bonne personne... Dès que je vous ai vue sur cette route, j'ai compris que je voyais là, pardonnez-moi, de la dynamite. Au fait, je vous l'ai dit qu'une chaleur me poussait, ce matin-là ? Dans mon dos, qui me menait à vous, au fond. Cette sensation me rappelait mon père, quand j'étais enfant, sur ma bicyclette. Un beau jour, il avait retiré les petites roues et il avait dit : “Va.” Il me poussait de sa main chaleureuse, pour me faire rouler.

– C’est comme ça que l’on apprend. »

Il me regarda, soudain très grave.

« Qu’est-ce que c’était, cette chaleur, Admira, sur la route où nous nous sommes rencontrés ?

– C’est la nature. Elle remet chaque chose à sa place. »

Il était le premier président que je rencontrais. Un terrien patenté, au charme utile et exercé. Ses mains offertes, apparemment de si bonne foi, il devait beaucoup s'efforcer de ne pas les fermer pour qu'elles le soient à ce point. Un homme jeune, bien entendu, aux yeux bleu cobalt qu'ont certains pêcheurs des Cyclades.

« Et puis, qu'on vous découvre en Grèce... comme ça... »

À peine entré dans le salon d'Amott Bajos, il s'était mis tout seul en liesse, reflétant la stupeur collective. Stupeur qu'il nous apportait en personne, en quelque sorte. On s'était levés pour l'accueillir, il avait attrapé mon bras comme pour une prise de judo. On sait bien que les judokas utilisent votre force pour la retourner contre vous. Je fis appel à ma raison : cet homme venait pour me connaître. Pour me détruire, il aurait envoyé ses sbires.

« Qui sont ceux du village ? » demanda-t-il.

Siméon recula. Éléni et Costa levèrent timidement le bras.

« Ne soyez pas effrayés. Nous devons surtout vous remercier. »

Puis, se tournant vers Josée Derrida et Amott Bajos :

« Ah, c'est immense ce qu'a fait ce village !

— C'est un hameau, dit Costa.

— Sept âmes, c'est ça ?

— Huit, si on compte le pope.

— Et on le compte ou pas ? »

Ni Éléni ni Costa n'osèrent s'avancer.

« Moi non plus, régla le président, parfois, je ne compte pas les popes. Ils m'énervent. »

Et, pour qui n'aurait pas compris :

« Ça donne des leçons aux hommes, en plus. Et vous n'ignorez pas que tous ces religieux ont aussi pris le Mondoror. Avoir trente-trois ans le plus longtemps possible... Ils voulaient tout du Christ, même son âge. »

Nous, on l'aimait bien, le pope.

Mesurant où sa férocité pouvait le mener, il reprit, sur un ton charitable et extasié :

« Le Mondoror a de bons côtés, il est vrai. »

Il avait le même sourire avorté que tous les autres, sur la peau tendue.

« Vous a-t-on raconté, Admira, ce qui s'est passé après ?

— Après que les rides ont disparu ? »

Ça l'amusa.

« Non. Après votre petit tour au Pirée. Votre image occupe l'esprit de la planète entière. Vous voici une vedette. Et maintenant, le Pirée connaît aussi un regain de popularité. Tout le pays. Si vous voulez, je peux vous montrer... »

Il se tournait déjà vers le mur des faits, momentanément sur pause, le temps d'accueillir la sommité.

« On peut rallumer, les amis ?

— J'en ai assez vu pour aujourd'hui, dis-je.

— Mais bien sûr, où ai-je la tête ? Excusez-moi... » se reprit-il.

La tête, qu'il ne perdait jamais, s'agita de cordialité.

Il s'assit à la table ronde du salon.

« Si on commençait par dîner ? »

C'est seulement là, devant les keftés, qu'Éléni et Costa avaient préparés, soudain vraiment détendu, que le président grec osa se montrer étonné.

« Vous me rappelez ma mère. Êtes-vous grecque ?

— Non.

— Le sujet est probablement britannique », dit Amott Bajos.

Le président :

« J'en étais sûr. »

La seconde d'avant, pourtant, il me prenait pour une Méditerranéenne. Il faisait penser à ces gens qui prétendent deviner votre signe du zodiaque et se trompent sans cesse. Ils sautent de joie quand ils finissent par dire le bon signe.

« Admira, ce n'est pas un prénom banal.

— J'ai trouvé ça joli, alors je l'ai choisi.

— Ah bon ? »

Il se tourna vers les autres.

« Parce qu'on n'a pas le prénom non plus ? »

La réponse allant de soi, on s'intéressa plutôt aux keftés. Costa proposa d'en cuire d'autres.

« Tout est prêt, dit-il.

— On aimerait bien pouvoir en dire autant de notre façon d'appréhender le cours insolite des événements, n'est-ce pas, Amott... » grinça le président.

Il s'empressa de poser une main sur le bras de Josée Derrida.

« Ça va bien se passer, Josée. Amott a un peu peur, c'est normal. »

Il disait cela comme si la femme n'était pas, elle aussi, terrorisée.

« Amott a cru que les journalistes allaient se ruer ici. Mais ici, déjà, ce n'est pas tout à fait le laboratoire. Et ensuite, vous connaissez l'adage : "Si tu veux cacher quelque chose, place-le au cœur du soleil." Les endroits les plus évidents sont les plus sûrs. On a géré tout ça. On a expliqué qu'on préparait une prise de parole et qu'entre-temps on vous hébergeait sur un yacht.

– Un yacht ? dit Costa, machinalement.

– Oui. Vous ne m'avez pas entendu l'annoncer dans les faits ? nous demanda le président, stupéfait. Un yacht, sur la mer infinie. Qu'ils s'amusent à chercher. »

Il fit claquer sa cuisse d'un coup de poing.

Le crépitement des notifications sur son téléphone ne lui suffit plus. Il était en manque de faits. Quand il n'y put plus tenir, il voulut rallumer le mur.

« Pour prendre le pouls de la foule. »

Ce pouls qui l'avait élu.

Une nouvelle fournée de keftés arriva sur la table basse. On s'assit ensemble, devant les images. La planète n'était plus qu'un grand débat. On fut hypnotisés.

Les faits montraient et remontraient une femme ridée sur le port du Pirée. Tout en m'habituant à son apparence, je la trouvais encore vieillie, depuis tout à l'heure. Vieillie et en même temps rajeunie, enfantine presque, fille que je n'avais pas eue, mère que je n'avais plus. L'histoire de ma famille se manifestait dans son sourire avenant, son ossature fine mais résistante. Jadis, un médecin qui me soignait avait observé mes pieds que je jugeais frêles. J'avais peur, si je courais, de me tordre la cheville. « Mais quelle sotte, avait-il dit ! Vous êtes loin d'être aussi fragile que vous le pensez. Pour ma part, je vous vois plutôt faite pour durer. » Avait-il rajeuni, lui aussi ? Était-il mort ?

Dans les faits, on voyait des gens touchés au cœur. Mon image leur rappelait des souvenirs. Tous étaient attendris. Les visages trop lisses avaient du mal à exprimer leur émotion, mais ces mains sur le cœur, ça disait tout. Certains ne se gênaient pas pour le clamer, que la dernière femme ridée sur Terre, filmée sur le port du Pirée, bon sang ça faisait réfléchir. Des questions il y en avait tant, dans le sac international des faits... Qui était cette femme ? Qu'avait-on supprimé en nous privant du temps qui passe ? Et la faute à qui ? Le monde entier était concerné – puisque tous avaient gobé ce Mondoror, tous avaient été consentants. Maintenant, ce même monde entier cherchait qui blâmer pour cette folie collective. Les pétitions redoublaient. Une armée pour défendre ma cause marchait sur Josée Derrida. La seule à n'avoir rien touché au repas de Costa.

Quand on passa aux ghourabiés, Amott, Josée et le président étaient au téléphone dans la pièce à côté, en conférence avec des instances dont on devinait l'importance au temps qui leur était consacré. Cela sonnait sans arrêt.

« Et si, au moins, on éteignait ce mur-ci ? » suggérai-je.

Or, c'était à l'instant où, dans le faisceau qui tournait en boucle, je vis une image arrêtée sur le visage d'un jeune homme.

« Attends, n'éteins pas... » suppliai-je Éléni qui s'était levée.

L'image n'était pas arrêtée, en fait. C'est l'homme qui l'était, inerte, allongé sur le sol. Des badauds formaient un cercle autour de lui. Il était mort.

« Où est-ce ? » demandai-je.

On monta le son. C'était dans la ville de Lagos, au Nigeria. Une manifestation contre la pénurie de billets de banque avait dégénéré. Nulle balle, nulle grenade lacrymogène n'était en cause, juste une pente. L'homme avait trébuché en descendant les marches du ministère du Budget. L'image s'attardait sur le corps du garçon. Elle cadrait au plus près cette forme humaine. Le profil du garçon, ses cils luisants, sa bouche pleine, neuve, entrouverte. Comment osait-on aller si près ? Je n'avais jamais vu aucune caméra de télévision oser cela. Autrefois, il y avait eu le calvaire en direct de cette jeune fille, Omayra, avalée par la boue, après l'éruption d'un volcan en Colombie. Mais un sursaut de respect avait empêché les chaînes de télévision de diffuser la mort de la jeune fille.

« Ça va durer longtemps ? dis-je.

— Quoi ? s'étonna Éléni.

— Ces images. C'est terrible de montrer un mort avec autant d'insistance. On n'aurait jamais osé, de mon temps.

— Maintenant, c'est comme ça.

— Mais, dans quel but ? Pourquoi montrer de si près ce pauvre garçon ?

— Parce que c'est tellement triste. Une simple chute, tu te rends compte ? Les pentes, c'est très dangereux. Et puis regarde, il est si jeune. »

S'il y avait un décès dans la famille, ma mère me poussait devant le mort en me caressant les épaules. J'allais dire *au revoir* à ces oncles, à ces tantes. Aïeux qui, à l'arrêt de leur souffle, perdaient leurs rides d'un coup, remplacées par une peau cireuse, collée au crâne. Mais on pouvait le comprendre. Alors que là... peu importe que ce jeune homme à Lagos ait eu trente ou quatre-vingts ans, il mourait dans la fleur de l'âge. La mort injuste par excellence. Le monde que Josée Derrida leur avait fabriqué.

Il était trois heures du matin.

J'avais dit : « La chanson *What Are You Doing the Rest of Your Life,* de Barbra Streisand, est-ce que vous la connaissez, Siméon ? »

Il avait placé ses mains en apesanteur au-dessus de la table basse, et ses doigts de pianiste attendaient, suspendus. J'avais alors commencé à fredonner et lui, aussitôt, à jouer. Même si ses doigts se contentaient de courir au-dessus d'une table, il frappait chaque note à sa place. Et, aussi fou que cela paraisse, on entendait la musique. Au début, Siméon rejeta à plusieurs reprises sa mèche rebelle d'un geste du poignet. Mais il renonça bientôt. Il était trop pris par la mélodie qui à présent nous enveloppait. La lourde mèche finit tout bonnement par pendre, un pinceau saturé d'encre. Secouée au gré des notes, même si, pour ne pas déranger la pièce voisine, le pianiste avait choisi la lenteur, le murmure des doigts. Sans dire un mot, par onomatopées, je murmurais la chanson fabuleuse. Habitude venue de ma mère, qui fredonnait même sa colère. J'avais vécu vingt ans sans musique, moi qui l'aimais tant.

Tout ce qui a besoin d'être mélodieux en nous finit par se frayer un chemin.

La porte s'ouvrit. Les trois personnages aux si grandes responsabilités réapparurent.

Le piano, volatilisé.

Tous les trois, ensemble - même le président -, se laissèrent glisser sur le canapé et les fauteuils. Ils étaient épuisés. Ils avaient, au téléphone parlé à tant de sommités, tant de gouvernants, envisagé tant de scénarios - plus que le Comité mondial d'anticipation n'aurait su en imaginer -, c'était comme s'ils sortaient d'un ring de boxe.

« Il reste des keftés ? » demanda le président.

S'entendant ainsi régresser, il se redressa :

« Vous avez vu les nouveaux faits ?

— On a éteint, dis-je.

— On les remet ? » proposa Costa.

Le président balaya de la main cette idée. Même lui, il avait besoin de souffler.

« Non, pas la peine. »

Puis, se tournant vers moi :

« C'est facile à résumer : tout le monde se demande d'où vous sortez, Admira. Comment va-t-on vous présenter ?

— Cela, c'est de votre ressort, monsieur le président. Moi, je n'ai rien demandé. Je paie mon loyer. Je ne fais pas de vagues, mais je n'ai aucun problème à les regarder.

— C'est l'impression que vous donnez.

— Quelle impression ? demanda Éléni, qui ne comprenait pas.

— Votre amie prévient qu'elle nous laisse avec le bébé sur les bras, élucida le président. Mais (et là, il me parlait à moi)... Est-ce à dire, si vous restez mystérieuse, que c'est à nous de vous définir ? »

Il regarda Josée et Amos.

« Quelqu'un veut-il le dire à ma place ? Josée ? »

Elle ne cilla pas.

« Bien, continua-t-il, alors je m'y colle. Chère Admira, vous vous êtes rendue célèbre en allant vous montrer sur le port. Et voyez-vous, je pense que c'était une bonne idée. Une idée très intéressante. Oh, je ne parle pas du fait de s'évader, car ça, c'est une pulsion humaine naturelle. Je parle de la manière dont vous vous y êtes prise. Moi, je serais allé directement chercher du secours. Je serais entré dans la première boutique sur mon chemin, et j'aurais demandé de l'aide. Vous, pas. Je crois qu'en réalité, vous saviez pertinemment qu'il y avait bien mieux à faire que d'appeler à l'aide. Vous saviez que le plus intelligent était de descendre au cœur de ce port, l'un des plus fréquentés au monde même en cette saison, et de vous offrir aux regards. Seulement voilà : pour ne pas avoir peur de faire une chose pareille, pour ne pas avoir peur de se montrer à ce point, il faut quand même un peu s'y connaître. »

Auraient-ils pu, malgré tout, découvrir qui j'étais ?

« Vous avez eu l'instinct d'une personne célèbre. »

Le mot toucha quelque chose en moi, de profond, d'enseveli.

« Célèbre... répétai-je.

— Oui. Vous, une totale inconnue. »

Était-il sincère ou bien ironisait-il ?

« Et vous le savez, n'est-ce pas, qu'il va vous falloir aller au bout. Il va falloir se montrer encore. Et beaucoup, Admira.

— Si vous me parlez de tout ça, dis-je prudemment, c'est sans doute que vous avez votre petite idée.

— Oui. »

Je crus qu'il allait révéler ma véritable identité, et qu'un secret vieux de vingt ans allait être dévoilé dans la maison d'Amott Bajos. J'attendais le regard lourd de discernement qui me confondrait. Mais cela n'arriva pas. Le président bomba le torse :

« Mon idée, c'est que vous appartenez à la Grèce. D'où que vous veniez. Et mon idée, c'est que tout ça est arrivé en Grèce. Un berceau de l'humanité.

— Ce n'est pas plutôt l'Afrique, le berceau de l'humanité ?

— J'ai dit "un". Et attendez, car tout se tient. Vous voyez qui est Lucy, l'australopithèque ?

— Celle trouvée en Éthiopie ?

— Oui. Un fossile. Vous me suivez ? Un jour, Lucy est apparue sur le continent africain. Et pourquoi est-elle apparue ?

— On l'a découverte.

— Certes. Mais pourquoi à ce moment-là ?

— Je sens que vous allez me le dire.

— Oui. C'est très simple : on avait besoin de la voir. Et vous aussi, on a besoin de vous voir. C'est pour ça qu'aucun de nous, ni Amott, ni Josée, ni moi, ne pouvons lutter. Quel beau vestige !

— Comptez-vous me comparer à un fossile ? Est-ce que je suis la Lucy des rides ?

— Je vais défendre cette idée. Mon pays est une mine pour l'archéologie. La présence de vestiges est majeure, ici.

On se presse chez nous pour voir des ruines. La Grèce ne se résume pas à ça, mais on peut, puisque nous aimons définir, la définir ainsi : elle est muséale. Et muséale, vous l'êtes aussi. Ce n'est pas vous qui choisissez, ce n'est pas nous, ce ne sont même pas les faits : c'est la vie. Alors voici ce qu'on va faire : on va vous présenter au monde. Que les gens vous trouvent admirable, nous aurions dû tous y penser.

– Je n'aime pas être admirée.

– Ce n'est pas ce que dit votre nom. »

« Comment ça, pas de nom ? » s'inquiéta le pope en se redressant sur sa chaise, devant l'épicerie d'Arsénis.

Il tenait le bail à la main et me scrutait, moi, l'étrangère, la nouvellement arrivée même pas orthodoxe. Mais son église avait le sens du commerce et, au cas où il aurait été vrai qu'une femme veuille louer la maison de la mine, il avait apporté le formulaire, pour le bail. Il avait fait semblant de parlementer et, à présent, nous finalisions les formalités.

« Je préférerais que tout cela reste anonyme, dis-je.

– Ah mais madame, c'est illégal.

– Même si je paie ?

– Mais vous paierez de toute façon puisqu'il y a un loyer.

– Et si je paie le double ?

– Le double de quoi, madame ?

– De ce que vous demanderez. »

Il réfléchissait. Que je veuille louer la maison dans la mine de kaolin, et ce malgré son isolement, que je ne sois arrêtée ni par les marches à monter ni par l'état de l'électricité et de l'arrivée d'eau, tout cela lui semblait une aubaine trop belle pour être honnête.

« Vous ne seriez pas liée à des affaires criminelles, tout de même ?

– Père Petros ! » s'écria Éléni.

Dès la seconde où elle m'avait vue débarquer au hameau, à la recherche d'un toit pour la nuit, elle m'avait totalement acceptée.

« Éléni, je ne fais que demander », plaida-t-il.

En l'interpellant, elle lui rappelait le devoir de charité, même envers les brebis délictueuses de l'Église. Et bien sûr, le pope céda. Assez terrien pour ce qui était du vin et des gourmandises, et doté d'un fort païen sens du commerce, il avait malgré tout une certaine connivence avec les mystères de la vie. Mon incognito, au fond, lui rappelait tout ce qu'il laissait dans le flou à propos de Dieu.

« Donnez-moi un nom, pour les papiers. Même si ce n'est pas le vrai. Et un relevé bancaire. »

Mon évasion commençait là. Quand l'artiste Andy Warhol avait prédit que tout le monde aurait droit à son quart d'heure de célébrité, il était certes visionnaire. Mais des années après sa mort, les choses avaient tant changé. Accablée par la notoriété, un jour je n'avais plus espéré qu'une chose : quinze minutes d'anonymat, reconductibles à l'infini...

Le stylo levé, le pope attendait le faux nom qui allait tout simplifier. J'ouvris la bouche :

« Admira.

– C'est tout ?

– Oui. »

Il se tourna vers Éléni :

« Alors, je mets ça ? »

Je pensai à mon père en signant le bail. Je le revoyais fou de joie, criant mon vrai prénom au milieu des dolmens, là-bas, en Cornouailles. Ces assemblages de pierres associés à la présence de sa fille lui offraient un bonheur parfait. Il aimait tant cet endroit vaste, historique, original et sauvage, qu'il m'avait nommée d'« après » lui. C'est ainsi qu'on dit en anglais : *to name after.* « Le plus beau prénom du monde », disait-il. Qu'aurait-il pensé d'Admira ?

Nous étions, Costa et moi, installés dans le canapé du salon.

Sur le mur en face de nous, les faits montraient une longue table derrière laquelle le président, Josée, Amott, Éléni et Siméon étaient assis, ridiculement espacés, le regard vide, fixe. La conférence de presse se tenait en ville. Elle avait pour but d'expliquer au monde comment on m'avait découverte. Tout était tellement étrange.

Le président avait tenu à ce que cette intervention ait lieu derrière une table de banquet, recouverte d'une nappe blanche.

« On est le pays de Platon. »

C'était un génie des symboles.

À part le président, personne n'était à l'aise, à cette table. Éléni se faisait la plus petite possible, comme les enfants jadis lors d'un repas. Siméon s'abritait derrière la splendeur de son visage, le menton appuyé sur ses mains sublimes. Josée Derrida ne pouvait se retenir de gratter la peau autour de ses ongles. Amott Bajos, lui, s'astreignait à ne rien tripoter, au prix d'une immobilité funeste qui le rendait fort antipathique.

« Admira n'est pas parmi nous aujourd'hui », déclara d'emblée le président.

Les quatre coins de la planète, représentés devant lui par une assistance composée d'une centaine de personnes, manifestèrent leur déception.

« Nous devons économiser ses forces », poursuivit-il.

Après une pause, il ajouta :

« Mais vous la verrez bientôt. »

Il avait le sens du timing. Sans doute ne devient-on pas président, et tout spécialement de la Grèce, sans quelque disposition pour la dramaturgie. La question de savoir si je devais assister à la conférence de presse avait été réglée par lui. Il supposait que, à partir du moment où les gens m'auraient réellement devant eux, les explications ne seraient plus possibles. Or, des explications, il était nécessaire d'en donner. Voilà pourquoi il était là, commençant déjà d'énumérer les fameux faits qui, dit-il, nous réunissaient ce jour. Il parlait avec sobriété pour ne pas donner l'impression de manipuler son auditoire. Il évoqua la science et ses bienfaits, rappela ce que le traitement des rides avait apporté, ce que l'on devait au progrès, mais laissa entendre qu'il y a des limites à tout projet humain, façon de prévenir qu'il était naturellement au fait de dérives possibles.

Josée Derrida, invitée à parler, abonda dans son sens : l'aura incontestable de la science fut finement relativisée, sans pour autant que la chercheuse aille jusqu'au reniement. Une confession put ainsi, l'air de rien, se faire. C'était d'une intelligence absolue. Elle prit sur elle de ne pas éclater en sanglots, comme dans ces aveux qu'on vous arrache durant les procès politiques.

Amott Bajos rappela que la prise de Mondoror n'était pas obligatoire. Il se félicita d'ailleurs qu'on ait laissé chacun décider en conscience. Puis, comme un marchand qui retire une cerise sur la balance pour obtenir la livre exacte, il rappela que, en tout, il faut de la mesure.

Éléni, tremblante, fut chargée de dire qui j'étais, et comment j'étais apparue. Les mains derrière le dos, ou calées sous ses fesses terrorisées, on la vit évoquer cet endroit si calme où nous avions vécu heureux pendant vingt ans. L'adresse de mon havre fut annoncée au monde entier par la femme que j'aimais du fond du cœur. Elle pulvérisa ma paix. À peine avait-elle parlé que les faits diligentaient sans doute déjà des gens vers ma crique, où les portes jamais fermées seraient toutefois cette fois-ci ouvertes sans délicatesse, où tout serait pris en photo, fouillé, dérobé.

Siméon raconta la route. Il insista peu sur la chaleur. Pas plus qu'il ne révéla m'avoir entendue fredonner. Lui, c'était un promeneur. Ce qui lui était arrivé, c'était par hasard.

À la fin, le président annonça :

« Admira s'exprimera à Épidaure, dans trois jours. Ce sanctuaire connu du monde entier, on ne pouvait pas trouver mieux. D'abord, c'est le berceau de la médecine. Et ensuite, c'est dans le Péloponnèse, pas loin d'où on a découvert la dernière femme ridée sur Terre. »

Il avait pris le pli de parler de moi comme d'une antiquité. On ne faisait plus de façons.

« À Épidaure ? Tu le savais, ça, toi ? » dit Costa.

Pas un Grec n'ignorait qu'Épidaure abritait un théâtre antique, le plus grand de Grèce. Et l'on disait : de l'Univers.

Vingt-quatre siècles auparavant, les Grecs avaient édifié ce sanctuaire en l'honneur du dieu des Guérisseurs. Esculape soignait les humains. Le serpent était son symbole, qu'on dessine encore sur les caducées. Épidaure, c'est l'endroit où les plantes médicinales connurent la gloire. Ce que peut une herbe banale qu'on trouve sous la semelle de sa spartiate n'avait pas de secret pour cet endroit. Des quatre coins de ce qu'on croyait être le monde, on venait guérir ici. En ce temps-là, cela revenait à avoir la chance de vieillir.

Un jour, le vent avait tourné. On trouva moins pertinents les cataplasmes à la menthe, la grâce du corps parfumé, les mélanges providentiels dans les breuvages : le sanctuaire périclita. Puis, d'Épidaure, prodige d'architecture et d'ingéniosité, il ne resta plus que des pins et des alluvions. Au XIXe siècle, une mission d'archéologie tomba sur un affleurement du théâtre, intact. Plus on retirait de la terre, plus on dégageait de gradins, plus l'hémicycle dessinait son nombre d'or. Ce qui doit jouer un rôle, un jour, le joue.

Passe ton doigt là sur ta tempe

Des centaines de personnes gravissaient en file indienne des escaliers étroits, se répartissant peu à peu entre les places encore disponibles. Elles montaient de plus en plus haut. Ça n'allait pas jusqu'au ciel comme on aurait pu le penser, car, le théâtre ayant été édifié à flanc de colline, les gradins finissaient par rencontrer la cime des pins derrière eux. Le dernier palier épousait la verdure. L'élégance d'Épidaure, ce rond parfait coupé en deux, sautait aux yeux. Il y avait cinquante-cinq rangées, Costa les avait comptées. Dans ma crique, nous comptions les marches de kaolin. Parfois, arrivé en bas, Costa disait : « Bon, il en manque une... » Et on riait. Le cinéaste Alfred Hitchcock certifiait que la pire frayeur, c'est quand il manque une marche sur un chemin coutumier. Nous, on en avait fait un jeu.

Dans l'escalier d'Épidaure, personne ne se retournait. Les gens étaient trop préoccupés par les conséquences de cet effort. À un certain stade, il y aurait une pente à descendre. Ils retardaient le moment d'y penser. Ils ne remarquaient même pas ceux qui, déjà installés, découvraient ma présence.

Non, ils montaient. C'est seulement quand ils s'asseyaient face à la scène qu'ils me voyaient, assise sous la modeste ombrière à laquelle on avait pensé pour moi. Dès qu'une personne se rendait compte que la dernière femme ridée sur Terre était là, elle avait la tentation de descendre. C'était bête de ne pas avoir pris les photos en bas, quand on était si près. Mais pas une n'osait affronter la pente.

J'avais suggéré :

« Ce serait peut-être bien que je sois là depuis le début, assise sur une chaise. »

Pour donner l'impression que l'idée venait de lui, le président avait dit :

« Vous les attendrez, tranquille... Cela produira son effet. »

C'était plein, à présent, échelonné de rang en rang. Ma mère montait ainsi les mailles pour me tricoter des pulls, quand j'étais adolescente. Parfois, ça allait un peu de travers et il fallait défaire et recommencer : elle tirait sur le fil, les rangs se défaisaient à toute vitesse. C'était un peu comme descendre. Vertigineux.

Tous brandissaient des téléphones. Quatorze mille personnes dans les gradins, et combien d'autres sur la dalle derrière moi ? Et combien encore dans le parc, dans les allées bordées d'arbres ? Là-bas, on avait planté des écrans géants. Les faits connaissaient leur métier. Les caméras étaient disposées à tous les angles. Un drone amical, aux allures de scarabée – et guère plus grand que ces bestioles –, asticotait de sa présence et le public et les vigiles, et les quelques rapaces qui planaient sur le théâtre. Un délicat ourlet de pierre délimitait ce rond parfait au centre duquel je me tenais. Personne, au premier rang, n'aurait osé y avancer un pied.

Le président, Costa, Éléni, Siméon et Josée étaient installés sur le côté. De temps en temps, le drone les rejoignait, eux et diverses abstractions protocolaires. Et puis, le drone repartait pour rôder sous mon nez : ses mandibules frétillantes me paraissaient ridicules. Mais j'aimais bien son bruit.

Moi aussi, j'étais ridicule. La seule à l'ombre dans ce théâtre. La seule à exposer des rides puisque moi seule en avais. Il était bien question de cela : satisfaire la curiosité de personnes qui, des marques de l'âge, n'avaient plus qu'une vague idée. Elles étaient venues vérifier ce que faisait vraiment le Mondoror et, cela peut sembler illogique, elles étaient venues le vérifier sur moi. Parce que nous sommes comme ça : c'est par défaut qu'on voit les choses. Jusque-là, qu'avaient-ils vu ? Des vidéos prises au Pirée, sur le marché. Les gens les avaient agrandies, mais cela n'avait pas apporté la netteté espérée : les traits de mon visage se volatilisaient en pixels évasifs.

Et maintenant encore, tous persistaient à zoomer l'image sur leur téléphone. Sans comprendre que la magie, il faut la laisser opérer. Elle ne se manifeste que lorsqu'elle l'a décidé.

Dans le parc, c'était autre chose. Ceux-là me regardaient sur des écrans. Voyaient-ils mieux pour autant ? Absurdité d'un visage géant, étalé, diffusé mondialement, en direct, comme une pulvérisation. Des pays entiers étaient restés éveillés pour ne rien rater. D'autres avaient suspendu leurs activités, avec la bénédiction de l'économie. Des écoles s'apprêtaient à apprendre. On me donnait en spectacle comme la bouleversante Vénus hottentote, même si c'était de meilleur gré, même si j'étais habillée. Et même si, sans aucun doute, j'étais considérée.

Je me levai. Ma voix, allait-elle porter ? On vantait depuis des millénaires l'acoustique de l'endroit. Les faits avaient tout de même disposé des micros, là, quelque part. J'avais prévenu : « Que les choses soient claires : les micros, ce n'est pas mon affaire, ne me dites même pas à quoi ça sert. » Alors que maintenant, je les cherchais.

Et quand il me sembla que les milliers de téléphones, les quatorze mille spectateurs des gradins, ceux de la dalle, ceux du parc, avaient suffisamment saisi l'instant, je m'avançai vers les premiers rangs. La terre chaulée, en m'éblouissant, me rappela le kaolin.

Les gens du premier rang, en grande partie, étaient des huiles. Je les prenais sur le fait en train de filmer. Jeunes, si jeunes. Tous jeunes, Seigneur. Jeunes *ad libitum*. Je me souviens d'avoir lu quelque part que, *ad libitum*, cela signifie en latin « jusqu'à ce que je sois pleinement satisfait ». Ils avaient choisi de reproduire cette illusion, illusion acceptée, admise, qui leur volait une part d'être. Le médicament ne les avait pas seulement rajeunis, il fossilisait leurs traits. Ce n'était pas moi, le fossile, c'étaient eux. Pris dans la pierre de leur crédulité.

Lentement, j'arpentai le cercle, je me montrai sous tous les angles, pour chacun, chacune. Évidemment, je pensai à l'orateur de l'Antiquité qui répétait toujours trois fois ce qu'il disait afin de ne pas rater une oreille. Puis, j'attendis.

Je fis alors comme cet artiste, musicien et chanteur, aveugle. Fort célèbre. Un soir qu'il était sur scène et qu'il entendait crépiter les appareils photos, cet homme, dont on n'avait jamais vu le regard sans lunettes noires, demanda qu'on range les téléphones. Pour tenir en respect ce public résistant qui continuait de le filmer, il ôta ses lunettes. Oh, il était tentant de saisir l'image, mais l'assistance entière, devant cette nudité, le blanc impressionnant de ces yeux, remisa son téléphone. Le chanteur tendit l'oreille, son oreille extralucide, et il sourit, satisfait d'avoir été entendu. Je n'avais pas de lunettes à retirer, aussi me contentai-je de croiser les bras. Ils se demandèrent ce que j'attendais, et ils comprirent. L'instant d'après, ils avaient tous lâché leur téléphone. Une arme qui ne servirait pas.

« On va commencer comme ça », dis-je.

Il faisait beau. Et soudain, il fit très chaud.

La chaleur me reprit, habituée désormais à mes omoplates. Les doigts mystérieux n'avaient plus besoin de m'ouvrir. J'étais déjà prête.

Ce qui devait entrer entra, et ressortit après m'avoir traversé, en un rayon mirobolant. Le feu du soleil était toujours là. Qui le vit ? Aucune instance ne releva la tête, personne ne sembla intrigué, même quand la chaleur gagna les gradins et quand le théâtre entier commença de s'éventer, chauffé par un feu incompréhensible. Quelques-uns se passaient la main sur leur nuque bouillante. Certains s'épongeaient le front en fermant leurs yeux qu'ils voulaient pourtant garder ouverts, pour ne rien perdre du spectacle. D'autres rejetèrent leurs cheveux en arrière, plaqués, trempés, laissant apparaître leur front, leurs tempes. L'eau coulait si vite sur ces peaux lisses. Elle n'avait pas un seul ravin à franchir. L'ombrière me tendait les bras. Je pouvais y trouver refuge. Mais je continuai de marcher sous le soleil, délibérément. On ne laisse pas tomber les gens.

« Entrée on ne sait pas comment », dirait plus tard la gardienne à Paris. Comme si, dans cette histoire, c'était cela le tour de force.

La jeune fille m'attendait sur le palier, tenant un de ces énormes bouquets que normalement la gardienne réceptionnait. Elle arrêtait les curieux, visiteurs jugés louches qu'en un coup d'œil, mais avec tact, elle jaugeait. Elle me montait les fleurs après. On en défaisait la ficelle, et nous nous les partagions.

« C'est fou, comme les gens vous aiment. »

Mais là, il était vingt heures passées, la gardienne avait terminé sa journée depuis longtemps. La jeune fille avait réussi à s'introduire, d'abord dans le hall, sans doute en emboîtant le pas d'un occupant de l'immeuble, et ensuite dans les étages. Quelqu'un avait dû lui taper le code. Qui se serait méfié d'une gamine munie de fleurs ?

Juste avant ma porte, le couloir formait un coude d'où elle surgit, me tendant l'énorme bouquet avec un sourire embêté. D'une voix mal assurée, stridente, elle prévint :

« J'ai pris vos préférées. »

Pour savoir que j'aimais les pavots, il fallait bien me connaître et, pour en acheter autant, avoir perdu tout sens de la mesure. Bien sûr, je compris tout de suite. Ce n'est pas que j'eus désiré cette vie où votre personnalité résonne chez tant de gens, mais quelque chose en moi avait trouvé cela normal, en tout cas suffisamment pour que je me mette dans cette situation d'être admirée.

« Je vous remercie », dis-je avec une urbanité teintée de distance qui était un secret de fabrique.

J'ajoutai :

« C'est de la part de qui ? »

C'était pour, à la jeune fille, offrir la possibilité de se justifier. En faisant preuve de deux sous de bon sens, elle pouvait prétendre être livreuse. Les fleurs livrées, elle repartirait, pressée par d'autres commandes à honorer. C'était simple comme bonjour, et sa gêne disparaîtrait. Et elle aussi s'en irait, tout naturellement. Or, elle ne saisit pas la perche que je lui tendais. Son regard brillant d'espoir signifiait clairement qu'elle assumait cette intrusion inopinée. Elle était fébrile. Elle avait payé cher ces pavots, était entrée, bon, au culot. Je pensai au fait qu'elle était dans l'élan de son geste, qu'elle avait bravé sa terreur, s'était monté la tête au point qu'elle imaginait presque concevable d'avoir attendu sur le palier, tapie, probablement dans l'obscurité, jusqu'à ce que j'allume, en bas.

« C'est de ma part, à moi.

– Et qu'est ce qui me vaut ça ? rétorquai-je.

– Je vous admire tellement. »

Et voilà.

« Qui admirez-vous ?

– Pardon ?

– Quelle personne admirez-vous donc ?

– Vous voulez dire, en général ? J'admire des gens que je déteste et qui n'ont aucun intérêt, sauf vous. Parce que vous, ce n'est pas pareil. »

Je me revis à seize ans, entrant dans un pub du West End, à Londres. Le comédien venait là tous les soirs après les représentations, il n'avait qu'à traverser la rue. C'était mon dieu. Comme lui, je m'étais acheté de microscopiques lunettes, comme la sienne, ma nuque était dégagée, comme lui et pour lui ressembler, car je n'avais rien compris à l'amour. Je m'étais avancée vers sa table. Il s'apprêtait à dîner avec une amie. J'avais dit, de but en blanc : « Je voulais savoir si l'on vous a parlé de moi ? » Au début, il me regarda comme si tout était normal, et puis, cet air trop lumineux que je distinguais aujourd'hui chez la jeune fille, il le repéra chez moi. « Qui aurait dû me parler de vous ? » « Je ne sais pas », avais-je bien été obligée de répondre. Il se ferma si fort que je dus me résigner à partir.

« Qu'est-ce que vous faites, dans la vie ? demandai-je à la jeune fille.

– Je me cherche encore. Tellement.

– Quel âge avez-vous ?

– Dix-neuf ans. Je voudrais être comme vous, plus tard. Oh, je voudrais tellement qu'on bavarde, chez vous, au calme, tellement. Juste un moment. Tellement.

– C'est malheureusement impossible », répondis-je, comptant les *tellement* de cette enfant.

L'effervescence diminua dans ses yeux. Et revint :

« On peut au moins faire un selfie ? »

J'avais eu une grosse journée et je voulais en finir.

« D'accord », dis-je.

Elle jeta le bouquet de pavots par terre, comme un alibi désormais plus nécessaire. Ensuite, rapidement, comme un fou sortirait un revolver, elle brandit son téléphone tout en se calant contre moi dans le couloir. Sa tête se posa sur mon épaule. Ça me fit drôle, mais je connaissais cette sensation, car des selfies de la sorte, j'en faisais souvent, dans la rue. Et c'est si lourd, une tête. On n'a pas idée de ce poids, ni de tout ce que, sans doute, cela contient. Je nous vis apparaître comme des hologrammes, toutes les deux sur l'écran de son téléphone, *autoreverse*, nos deux sourires différents, le sien d'excessive jubilation, le mien... d'une extrême courtoisie. Les battements de son cœur, dans la caisse de résonance de son flanc collé à moi, tremblotaient comme un moteur impossible à manipuler. Sauf à couper le contact.

Elle ramassa le bouquet, de nouveau exactement dans la position où je l'avais trouvée quelques secondes auparavant, comme si rien ne s'était passé, tels ces chiens à qui on lance une gourmandise et qui l'avalent si vite qu'un infime moment après, ils se remettent à implorer.

« Oh, j'aimerais tant parler avec vous... M'installer dans le canapé, je l'ai vu sur les photos, il est jaune d'or et beau... Je voudrais tellement vous confier...

— Impossible. Je ne peux pas faire entrer les gens chez moi. Ça n'en finirait pas.

— Je me doute bien. »

Elle avisa la moquette bleu roi de l'escalier :

« Ou bien alors, on s'assoit ici pour parler, si vous préférez ? »

Et je revis mon père appeler mon nom dans le pré rempli de dolmens, ma petite gloire enfantine, immense, en fait, parce qu'il faut bien que cela commence à un moment. Il n'y avait pas d'écho dans ce pré, mais les cris joyeux et répétés de mon père formaient une caisse de résonance où, à l'infini, je me sentais multipliée. Et ensuite, cette manière de vivre qui s'était imposée à moi. Une manière de vivre où les mots comptent plus que tout. J'avais accepté tout ça, et j'y avais pris du plaisir. La notoriété était montée, au début petit à petit, puis d'un coup, comme un jackpot qu'on encaisse. Quand on me demandait : « Que vous reste-t-il, comme intimité ? », je répondais que chaque personnalité projette une ombre, que plus cette personnalité est grande, plus l'ombre s'étend. Pas comme une ombre au tableau, plutôt comme un espace nécessaire, non négociable. Et pour maintenir cette part d'ombre, j'étais le genre de personne à savoir envoyer balader une intruse. Mais, que voulez-vous, on se protège, on met au point des parades, des stratagèmes, on a prévenu la gardienne et l'on sait poser des limites dans les échanges humains... Et puis voilà, un jour, on ouvre.

Je mis la clef dans la porte :

« Allez, entrez... »

Pourquoi quelqu'un est-il admiré ? Elle trouvait au moins une raison à cela. Personne ne la comprenait, sauf moi qui ne savais rien d'elle et pour qui, en plus, elle était une énigme. Le canapé l'enveloppait, elle en caressait les coussins.

Tout ce que j'écrivais, elle le buvait. Toutes les interviews de moi, qu'elle connaissait par cœur, prétendit-elle. Une amie journaliste m'avait raconté que, à la mort de son père, avec qui elle était fâchée, elle avait découvert chez lui qu'il gardait trace de tout ce qu'elle signait de son nom. Et nous étions bouleversées, elle et moi, par cette preuve d'amour que le père montrait là. Elle aussi, ma visiteuse, elle gardait tout. Depuis son adolescence, elle aimait ma façon de voir, qui lui ouvrait les yeux. Elle ne pouvait plus supporter les faux modèles, personnes soi-disant inspirantes qui ne lui inspiraient rien du tout. Elle avait peur que vieillir, ce soit forcément devenir une caricature de soi-même. Sa génération abusait de « filtres ». Sur les photos, et même dans la réalité, tout le monde avait envie de se rectifier. Elle, elle voulait se révéler.

« Ça m'angoisse », disait-elle, parcourue d'un frisson nerveux et terrible, sans qu'on sache si elle parlait du fait de se rectifier ou de celui de se révéler.

Elle espérait trouver la gaieté dont, pour le moment, elle ignorait tout. Elle se montrait joyeuse, cependant.

« Vous êtes mon modèle. J'ai tellement besoin de votre aide.

— Détendez-vous. »

Je demeurai sur la réserve, et elle le sentit. Elle fixa le canapé, lui au moins était tendre. Puis elle me lança un regard suppliant auquel, paralysée, je fus incapable de répondre. Cette jeune fille attendait de moi une preuve d'amour que je ne savais donner que par écrit. Aussi ne pouvais-je faire autrement, à cet instant, que de rester immobile, incapable de faire face à son espérance.

« Tout ce que je demande, c'est me projeter », dit-elle.

Je ne trouvais même aucun mot en moi. Que faisait-elle là ? On se posa toutes les deux la question au même moment. Considérant l'incongruité de sa présence dans mon appartement, et mon absence de réaction, elle se leva d'un bond. Elle ouvrit la fenêtre et enjamba le garde-corps, puis me regarda, hésitante, les pieds sur la gouttière fragile, au neuvième étage où j'habitais. Elle testait, en dernière instance, ce que je pouvais faire pour elle.

J'allai vers cette jeune fille, tout doucement. Comment, par capillarité, faire passer ce que j'étais, ce qui me faisait tenir debout, les mots dont mon existence était faite, pour conjurer notre défaite, à elle et à moi ? Les battements de son cœur vibraient encore dans ma poitrine.

Un voisin la vit et poussa un cri, depuis le balcon d'en face. Je crois qu'elle ne l'entendit pas.

Elle se tenait bras ouverts, face à moi mais le dos aspiré par le vide. Dans ce ciel dégagé d'un soir d'été, elle apparaissait comme ces formes qu'on détoure pour les mettre en valeur, les faire exister autrement, et qui acquièrent ainsi une certaine étrangeté. Embêtée, comme dans la cage d'escalier. Embêtée, et de trop sur Terre.

« Il faut revenir, mon petit... » dis-je, ouvrant les bras de la même façon qu'elle.

Ainsi, de toute ma tendresse, celle-là chez moi finalement impossible à donner à une seule personne, raison pour laquelle j'avais choisi la démultiplication de l'amour.

Ainsi de toute la tendresse, l'appelant au milieu des dolmens. Faisant agir tous mes pouvoirs.

Parce que je tenais à sa vie, elle revint. Le garde-corps fut réenjambé. Elle s'écroula contre mon torse, et moi, je berçai cette enfant, trouvant les mots, mots pour lesquels j'étais née, qui avaient fait ma renommée, nous avaient menées à ce point. Mots qui auraient dû rester dans un livre, où j'abritais ma vie.

Peu de temps après, j'avais tout quitté.

Le président avait raison quand il disait que, sur le port du Pirée, un certain instinct m'avait poussée à rejoindre la foule. Inconsciemment, je l'avais fait non pour me fondre en elle mais, au contraire, pour remonter à la surface comme la pulpe d'un fruit. Et me faire remarquer. Après toutes ces années, toujours elle : la notoriété. Peu importe qu'en vingt ans on m'ait oubliée, que plus personne ne me reconnaisse, que le monde, selon la formule consacrée, ait changé ; tout était clair : j'étais à Épidaure parce que je savais être admirée. Je savais recevoir cette attention-là.

Il faut revenir, mon petit...

Pauvre Josée, pauvre Amott incapable de rien anticiper malgré son Comité mondial d'anticipation, pauvre Siméon, pauvre président, pauvre hameau qui y avait cru, pauvre monde... Tous, en chœur, avaient enjambé le garde-corps. En quoi toutes ces personnes devant moi auraient-elles eu foi ? On avait renversé leurs dieux. Tout émissaire sacré est attendu au tournant, qu'il prendrait un jour de travers, immanquablement. Les stars, sommités du monde du spectacle, avaient aussi reçu leur tacle, mérité ou pas, au nom des faits. Des scandales les déboulonnaient les unes après les autres. On avait appris aux admirateurs d'un jour à tout relativiser. Quant à ces autres divinités que sont les images, les gens n'y croyaient qu'à moitié. On pouvait tant les trafiquer. Même les œuvres d'art faisaient défaut. Le cinéma n'arrivait plus à imaginer de belles fins. Ça aurait été trop mentir. Toute utopie passait non seulement pour une œuvre irréaliste – ce qu'elle est –, mais aussi pour une insulte à l'intelligence. On ne voyait plus là aucune créativité. Et à l'inverse, toute dystopie, dépeignant de sombres mondes voués au néant, charmait par son discernement. L'amour ? On prétendait qu'il était à réinventer. Ça en disait long sur son pauvre état. Les gens n'en pouvaient plus. Étais-je là pour les rassurer ? Ou bien devrais-je leur faire admettre l'idée que ce n'est pas grave si l'on commence jeunes et que l'on termine veufs de tout, des chansons que l'on a aimées, des couleurs qui disent une époque, d'une manière de parler, de prononcer les consonnes, de lire et d'exister... ? Devrais-je leur apprendre à lire de nouveau jusqu'au bout le livre d'une vie ?

Cette fois-ci, la chaleur me saisit le dos avec tant d'ardeur... Je « brûlais », comme on dit.

Je me mis à tourner comme un fauve dans le cercle d'Épidaure. Le silence était complet, seulement dérangé par un drone. Je tournai, cherchant la transe, n'en laissant rien paraître. J'étais secouée d'élans invisibles à l'œil nu, que la densitométrie osseuse aurait peut-être détectés, de pensées indéchiffrables qui, en s'entrechoquant, écrivaient déjà quelque chose. Lire en soi est une aventure. Je marchai, et plus je marchai, plus je sentis que commençait la nécessaire fusion qui allait tout élucider. Puis mes omoplates retombèrent tout doucement, apaisées. J'avais trouvé.

À quand cela remontait-il, la dernière fois que j'avais vu un visage tordu de rire, ou riant, ou simplement souriant ?

Quand on la voit, la vérité, on ne voit plus qu'elle. Ces gens étaient devenus sérieux en éradiquant leurs rides. Au hameau, par exemple, ils ne riaient jamais. Éventuellement de petites secousses en réaction à mes plaisanteries. Mais ces épaules qui montaient et descendaient, ce n'était pas un rire. Plutôt un simulacre. Apollonia ne riait pas quand Dim, pour plaisanter, attrapait le bout de sa tresse et la chatouillait. Elle gesticulait. Aucun de ses traits ne bougeait vraiment. Même chose pour Arsénis, quand il venait croquer le fruit que je tenais, comme ça, pour le côté taquin du geste. Même chose pour Harry, le fils d'Arsénis, quand il racontait les mots d'enfants irrésistibles de ses filles. Même chose pour Éléni à qui je contais tant d'histoires jugées par elles désopilantes. Quelle était sa manière de rire, au fait ? Elle se couvrait le visage avec les doigts, consciemment ou pas, pour masquer ce qui était censé arriver. La même chose pour Costa. Je le comparais à Zorba, le héros du roman de Kazantzakis, Zorba, généreux au point d'épouser Bouboulina, la prostituée décatie du village. Costa, je l'appelais Bouboulinos en le tripotant sous l'aisselle, eh bien, il ouvrait la bouche, la tête rejetée en arrière dans l'attente d'un rire qui allait venir, et moi, je prenais cela pour argent comptant, je ne faisais pas attention au fait que le rire ne venait pas. Le hameau riait moins que le poulain, en fait. Parce que le poulain, lui, il était jeune.

Le rire, la clef de tout.

Et j'eus la vision du poulain. Là, dans le sanctuaire d'Épidaure, devant moi dans le cercle. D'une manière ou d'une autre, il avait fait le chemin depuis le hameau, avait éprouvé ses jeunes sabots pour une révélation qui en valait la peine : « Le rire. Tu y es. » Ses lumières dispensées, il s'envola.

Dans ma jeunesse, quand les gens étaient trop sérieux, on avait le projet de les dérider.

« Les amis, que pourrions-nous faire d'amusant ? »

La foule devant moi s'attendait à tout sauf à cette entrée en matière. J'avais parlé en grec, et toutes les leçons d'Éléni portaient leurs fruits. Le président s'était battu pour que la langue de son pays soit celle utilisée aujourd'hui et pour que le public soit grec. Les faits se chargeraient de la traduction.

« Et si chacun disait son âge, pour commencer ? »

Les gradins ondoyèrent comme une herbe prise dans un filet de vent. Ma requête les effrayait.

« Bien sûr, que je ne vais pas vous demander ça. Je sais bien trop à quel point cela vous gênerait. Je n'ai pas ce souci, moi : j'ai huit cent soixante-cinq ans. »

Les gradins, instantanément, s'immobilisèrent. Comme si cet âge était vraiment le mien, invraisemblable mais possible dans un monde sans queue ni tête.

Et moi, à la volée :

« Que j'aie cet âge, qui l'a cru ? »

Un frémissement.

Je quittai le cercle d'où l'on m'avait dit de ne pas sortir, adieu à la sonorisation mise au point par de scrupuleux techniciens, et je m'avançai vers les gradins.

« Qui l'a cru ? »

Vingt-quatre siècles d'acoustique prouvèrent ici que les micros, on n'en avait pas besoin.

Pas une âme dans cette frise n'osait me répondre.

« Huit cent soixante-cinq ans, sérieusement ? Que vous n'ayez plus l'habitude, je veux bien. Mais quand même... Ai-je l'air d'être vieille à ce point ? »

Ils se détendirent.

« Et vous, de votre côté, vous pourriez au moins avoir un air étonné, non ? »

Cela bruissa. J'entendis moins le drone.

« Au fait, savez-vous prendre l'air étonné ? »

Je levai bien hauts mes sourcils et fis un ovale de ma bouche, pour donner l'exemple.

Le bruissement s'amplifia, et même si l'acoustique d'Épidaure était pensée pour que le son parte de la scène, on entendit la vie jaillir d'un peu partout.

De toute manière, ils avaient l'air étonné depuis le début, avec leur visage tendu.

« C'est magnifique, dis-je, vous savez le prendre. »

Même s'ils n'avaient rien fait du tout, ils furent fiers du résultat.

« Et l'air froissé, qui sait le prendre ? »

Retour immédiat de la perplexité.

« Oui, je sais, c'est plus compliqué. Ah ça, l'air étonné, lui, il vient tout seul ! C'est même au point qu'on n'arrive plus à le quitter, après. L'air froissé, c'est une autre histoire.

Cela demande un gros effort. Froncez-moi un peu ces sourcils. Montrez-moi que ça vit encore. »

Ils auraient pu ne pas bouger. Ils seraient restés là, coincés, comme on l'est quand on ne trouve plus le courage. Mais, eu égard aux circonstances exceptionnelles, mis au défi, et poussés par une intime nécessité dont ils reconnaissaient là le caractère d'urgence, ils parvinrent à se chiffonner vaguement le visage. À peine, mais ça comptait. D'ailleurs, sidérés, ils se passaient la main sur la face, tentant de lire les caractères nouveaux qu'ils imaginaient naître en braille sous leurs doigts. Et puis, comme ils apprenaient vite, ils eurent le sentiment qu'il fallait aussi les lire sur le visage d'un autre, ils se tournèrent à droite, à gauche, et chacun grimaça pour que tous voient que c'était possible et quel effet extraordinaire cela produisait. Ils ne pouvaient plus s'arrêter. Les grimaces, les enfants ont bien raison d'y voir la meilleure façon de s'exprimer

Je m'assis sur le fauteuil, admirative. Un rire de gamine me secoua, un rire d'amour qui faisait voler vers eux ma confiance. Un rire qui ensemençait. Et bientôt, pour ce que j'en voyais, on rit tous. Moi, de tous les traits de mon visage, de larmes qui coulaient et de mon buste tressautant. Eux, certes, pas encore aussi librement, mais le son du rire sortait de leur bouche et, plus vite d'ailleurs que je ne l'aurais cru possible, les décrispait.

On riait de la situation qui avait perdu toute pompe.

On riait d'être capables de cette effusion.

On riait de le faire ensemble.

Ceux debout sur la dalle se mettaient à rire, eux aussi, en se touchant le visage.

Ça riait désormais sous les pins, dans les allées.

Probablement, ça riait aussi dans les faits.

Quelques-uns se tapèrent sur les cuisses, qui donnèrent l'idée aux autres, et bientôt ces percussions firent résonner l'amphithéâtre et nous firent rire davantage. Les autorités n'en croyaient pas leurs yeux. Tous ces gradins en fusion leur faisaient encore un peu peur. Elles ne comprenaient pas qu'ici, on quittait le monde des revendications. Qu'ici, les gens n'allaient pas demander justice. Ils allaient faire justice eux-mêmes, sans violence. Justice en premier à leur visage, à leur peau. En riant, riant jusqu'à ce que cela leur redonne figure humaine.

Quelqu'un cria :

« J'ai une ride ! »

Un tonnerre d'applaudissements retentit.

« J'en ai une, moi aussi ! » lança un autre, derrière moi, sur la dalle.

Ils n'en avaient peut-être pas, mais ils sentaient que ça viendrait.

Rire n'est pas qu'une habitude, c'est une réponse. On rit, bien sûr, parce que l'on ose, comme une écolière qui tire la langue pour braver son professeur, on rit parce que l'on prend une liberté. Parce que l'on n'a pas peur de se déformer. Bien sûr, à force, on finira par se rider. D'abord, les rides d'expression – qui traduisent la façon dont on a mené son existence –, et ensuite les rides du doute, apparues en cours de route, les rides des amours déloyales, royales malgré tout, et enfin les rides de la mémoire.

De nouveau, ils y croyaient.

Les faits se surpassèrent. Il se trouvait partout des gens qui disaient : « Moi aussi, j'en ai ! » Non contents de le dire, ils faisaient des selfies, avec des agrandissements comiques, géniaux et ésotériques. Ce n'était plus la mort en gros plan, mais le vivant.

Costa, tout joyeux, me montra le sien, de pli :

« Regarde, c'est revenu. »

Je le soupçonnai de penser que sa sœur allait réapparaître, elle aussi. Que les miracles se produisaient en série.

Était-elle vraiment revenue, la ride de Costa ? Je ne trouvai pas. Qu'importe, il mit une telle ardeur à me la faire découvrir.

Ce que j'avais déridé, c'était la situation.

« Moi, je les ai toujours aimées », affirmait une jeune femme en Chine, dans les faits qu'on regardait sur un écran géant du parc. Désormais, on ne s'étonnait plus que des gens, dans le monde entier, trouvent en eux, sur eux, ce qu'ils ne savaient plus chercher. Le rire n'avait pas seulement secoué le sanctuaire d'Épidaure, il avait gagné les astres et il était redescendu, il avait atteint chaque coin, recoin, pli, repli, sinuosité où, quinze ans auparavant, le Mondoror était allé se nicher. Et il avait pardonné aux hommes. En quelques heures.

Cela faisait longtemps qu'on n'avait pas vu un tel banquet à Épidaure. Une bonne humeur flottait dans l'air. Josée Derrida se tenait les joues, émerveillée et soulagée. Hier encore, avant la conférence de presse, les pétitions réclamaient sa tête en termes lapidaires. Les signataires se voyaient comme les cobayes d'un progrès discutable. « Que nous a-t-on caché ? » demandaient-ils. « Et que nous cache-t-on encore ? » Mais c'était le passé. À présent, on couvrait Josée Derrida d'accolades. Plus personne ne demandait sa tête. Elle avait eu le courage, sinon de me trouver – les faits, à quelques mètres de là, s'occupaient de Siméon –, du moins de considérer qu'il fallait me montrer au monde et que je pouvais être utile. On imaginait qu'elle savait depuis le début de quelle manière j'allais m'y prendre, dans ce théâtre d'Épidaure. Je la surpris, pour répondre à une question, à s'attribuer une part du miracle qui m'avait amenée à faire rire ces gens.

Amott Bajos et le président n'étaient jamais bien loin. Ils recevaient eux aussi des félicitations. Répétant fièrement l'un et l'autre : « La Grèce n'a jamais fait les choses à moitié. » Tout semblait dit.

Les faits voulurent savoir si les rides allaient vraiment revenir. Amott donna son éminent avis :

« L'important, ce serait qu'on ait le choix. »

Quel âge pouvait-il bien avoir ? Sans vraiment le connaître, je devinais que cet homme-là n'aimerait pas avoir de rides. La question n'était pas l'argent qu'il y perdrait, puisque sa fortune était faite. Non, ce qui le mettait mal à l'aise, c'était plutôt la somme de ces sourires tentés autour de lui, ces épidermes sollicités par les émotions joyeuses, non maîtrisables. Ce qui changeait là, où cela allait-il s'arrêter ? Tous ces visages contenaient-ils, en dessous, le portrait de Dorian Gray, lequel n'aurait été que momentanément dissimulé par les progrès de la science ? Étaient-ils tous des monstres décrépits ? À quelle vitesse leurs traits pouvaient-ils s'assouplir et, de là...

J'eus envie de le taquiner.

« Pensez-vous, Amott, que les rides pourraient revenir d'un coup, toutes ensemble ? »

Cela le fit frémir. Il joignit les mains :

« Mon Dieu, faites qu'on ait le temps de se retourner... »

Mais Dieu, soit qu'il ne tint pas spécialement à exaucer les vœux d'Amott Bajos, soit qu'il eût d'autres priorités, donna un signe différent.

Un frisson parcourut la foule. Là, sur les écrans, à Attawapiskat, au nord du Canada, un vieillard. Souriant, ébloui, il remontait la rue, douillettement vêtu. Les téléphones, autour de lui, voltigeaient comme un jeu de cartes entre les mains d'un magicien.

Mais le tour était accompli.

Le vieillard, assailli de questions, finit par répondre à l'une d'entre elles : « Tout à l'heure, on est venu me dire qu'il y avait une femme en Grèce qui a des rides comme moi, et qu'on la fêtait. Je me suis dit : "J'y vais aussi !" » Puis, d'un geste de ses doigts noueux, il envoya se faire voir ailleurs la curiosité de ses congénères. Il avait d'autres choses à faire comme, par exemple, prendre l'air.

Puis ce fut à Érode, en Inde, un autre homme, apparu d'un coup, en vénérable, les hanches enveloppées d'un *dhoti*, avec un nœud papillon fait d'une ficelle autour du cou. Et une femme dans les Vosges, en France, sa canne à la main comme une majorette, et une autre à Maputo, au Mozambique, qui dansait en marchant tandis que, autour d'elle, dans un attroupement, on tapait dans ses mains. À Pretoria, en Afrique du Sud, un homme offrait ses rides en chantant. Et ainsi de suite. Il en naissait partout, des vieux.

Ces apparitions de vieillards souriants plongèrent Amott Bajos dans l'épouvante

« C'est immonde ! s'écria-t-il.

– Qu'avons-nous déclenché ? » murmura, juste à côté de lui, le président.

Il redoutait que sa gloire nouvelle et planétaire puisse être remise en question par cette monstrueuse nuit des morts-vivants.

Toutes les caméras d'Épidaure étaient dirigées vers moi. Alors, qu'est-ce qu'elle disait de ça, la Lucy des rides ?

Elle se taisait. Elle laissait chacun comprendre, seul. Il fallait juste du bon sens. Ces gens n'avaient pas vieilli en un jour. Ces gens existaient, tout simplement. Comme moi, ils avaient échappé au Mondoror. Il n'y avait pas que dans notre hameau qu'on avait voulu épargner à quelqu'un ce traitement, cela s'était passé partout sur cette Terre. Partout, on avait planqué des êtres. Et on les avait coupés du monde. Mais n'est-ce pas ce qu'il faut faire quand l'humanité perd la tête ? On voyait bien qu'on les avait aimés, ces ridés. Toutes ces personnes vieillissantes qu'on avait ménagées, au point de les priver d'accès aux faits et, oui, d'accès aux autres. On les avait laissées mûrir naturellement, comme un fruit préservé des produits chimiques.

Bien sûr, il avait fallu beaucoup de secrets pour tisser de tels cocons. Quand ces vénérables mouraient, que faisait-on ? C'était prodigieux qu'on ait pu préserver ainsi leur destin, au nez de tous, dans un monde si transparent.

Prodigieux aussi qu'on se soit dit : « Je crois qu'on a besoin d'elle », « Je crois qu'on a besoin de lui ».

Tous, toutes l'avaient fait parce que les rides sont des rites.

Les héros, admirables, de cette histoire, étaient les sept du hameau, pas moi.

Oh non, pas moi. Et je me sentis délivrée d'un poids. Quel que soit mon rôle à présent, je pourrais le partager. Je n'étais plus une héroïne.

Le héros était Costa, qui avait dit : « On va la laisser comme elle est. Elle est précieuse. »

Et les héros étaient tous les Costa, toutes les Éléni, les Arsénis, Dim, Apollonia, Harry, Dim, disséminés de par le monde, des cœurs têtus, constants, aimants, les seuls êtres vraiment divins.

Dans le sanctuaire d'Épidaure, ce n'était plus moi que les gens regardaient, ni les faits sur les écrans, ni la scientifique d'abord consacrée, puis assaillie de pétitions, et finalement absoute, ni les personnes importantes protégées derrière les cordons de sécurité, ni le ciel infini. Ils regardaient beaucoup plus loin. Ils comprenaient que ce qui rend les miracles inestimables, c'est toujours le génie humain. Ils pensaient : « Pour Dieu, c'est trop facile. Alors que nous, les miracles, on les fabrique de nos mains. »

Et les gens riaient, prenant le pli dans l'air qui se rafraîchissait.

Le feu pouvait quitter mon dos.

Table

Composition et mise en pages
Nord Compo à Villeneuve-d'Ascq

#lisez! engagé
www.lisez.com
Pour plus d'information :
Imprimé sur du papier issu de forêts gérées durablement.

Achevé d'imprimer en septembre 2023
par Normandie Roto Impression s.a.s.
61250 Lonrai
Dépôt légal : septembre 2023
N° d'édition : 66114/01 – N° d'impression : 2304083
Imprimé en France